Noche en la estación del Norte y otros cuentos fantásticos

Daniel Paniagua Díez

AMAZON EDITION

* * * * *

PUBLISHED BY:

Daniel Paniagua Díez

Noche en la estación del Norte y otros cuentos fantásticos

Copyright ©2013 by Daniel Paniagua Díez

ISBN **978-84-616-5344-7**

This book is a work of fiction and any resemblance to persons, living or dead, or places, events or locales is purely coincidental. The characters are productions of the author's imagination and used fictitiously.

CONTENIDO

EL ESPAÑOL Y LAS BRIQUETAS

Un regalo de cumpleaños

Áureas lenguas de fuego ascendían de las tierras y las vidas aquella sofocante tarde de verano hacia el sol aciago. Del color de las flores del almendro eran los sentimientos de aquel niño, rubio y regordete, que caminaba pegado a las piernas de un enorme, a su lado, maquinista ferroviario.

– ¡Español!, ¡Eh! Español. ¿Dónde vas con el nieto?; ¿no pensaras subirle a la máquina, verdad? Espérame.

– ¡Vaya que sí! Ya lo verás. Hay que irle forjando; éste es de "la casa". Ferroviario cien por cien. Que pise balasto como su padre, su abuelo, y el bisabuelo. Verdad que sí, rubiales. ¿A que de mayor vas a ser maquinista?

– ¡Pues claro, abuelo!, ¡claro que sí! Contestaba el nieto entusiasmado; absorto en el trajín de las máquinas y alelado por los fuertes pitidos que soltaban antes de iniciar sus movimientos.

Iban saltando sobre las vías de una enorme playa de clasificación. Estaban llenas de vagones de todo tipo y tamaño; tolvas, cisternas, vagones metálicos y de madera,

9

abiertos y cerrados; portando carbón o troncos de árbol; legumbres, cítricos, cemento. Y, sobre todo, estaban aquellas inquietantes máquinas negras; semejantes a dragones de acero, expulsando vapor y alborotando con sus pitidos y el retumbo de sus pistones la quietud, la solitud, de una calurosa y algo plomiza tarde de verano. Y el humo, ascendiendo en volutas progresivas, el humo negro, muy negro, contra el azul celeste del firmamento.

Como feroces dragones, enormes monstruos de acero que podían hacerle picadillo sin esfuerzo, imaginaba las máquinas de vapor, las locomotoras, aquel niño que por primera vez en su vida visitaba tan extraña "playa". Y ahora iba a subirse a una. ¡Sí!. Cabalgaré como un caballero en un dragón de acero; como mi abuelo.

En compañía de aquel tiarrón noblote y serio, de tupidos cabellos rubios y ojos atentos, de mejillas siempre coloradas, no por el vino, por el viento; de manos de acero tierno; siempre abiertas para su nieto, pero de acero había caminado una interminable media hora hasta llegar a la estación de Clasificación; por una carretera recta y estrecha, bordeada de altas tapias y más altos chopos que se mecían con las olas de una brisa espesa y cálida que corría a ras de suelo, levantando hojas muertas, polvo y restos de papeles, plásticos, brozas; lo viejo. Caminaba como en un sueño; o un cuento. Una luna al alcance de su mano, su mayor deseo. Preparando su ánimo para enfrentarse a la máquina; al monstruo, un dragón de aquellos. Y se agarraba muy fuerte, se adhería, a la mano de su abuelo.

— ¿Cuál es tu máquina, abuelo? ¿Cuál es la tuya?

—Aquella, hijo, la 2.346; ¿qué te parece mi tractor?

—Bien, sí, bonita; pero, eso no es un tractor; los tractores van por la tierra.

—Estos no, estos no son de "esos". Replicó, seco, el abuelo.

No, aquellos tractores negros abrían siempre los mismos surcos de acero, sobre balasto, sucio, negro; y lanzaban columnas de vapor, y otras, mayores, enormes, soberbias, de humo opaco y denso.

— ¡Qué cantidad de pájaros negros!, ¡eh!, abuelo.

—Son grajos, hijo, o cuervos; los hay a cientos. Vienen por los granos que caen de los vagones, rebuscan por entre las rendijas y agujeros. Un pájaro muy sabio, el cuervo; siempre emparejado, viaja en bandadas, y ni el milano se atreve con ellos. Bueno, pero, ¿te gusta mi tractor, sí o no?

—Sí, ya lo creo; ¡es muy grande, abuelo!

Excitado, el niño contemplaba las enormes ruedas pintadas de rojo y negro; y la chimenea, y el silbato, y todo el conjunto que así, a un par de metros, le parecía más atractivo y misterioso que en sus más deliciosos sueños.

—Vamos, ¡arriba!, ¡campeón! ¡Agárrate bien!

Y ya estaban en la cabina, nieto y abuelo. Detrás de ellos el tender de carbón cubierto.

Abriendo los ojos como se descubren las flores a la luz, glauca, de la mañana; como se inician los corazones infantiles en el misterio, el niño fue observando, con cautela, sin soltar palabra ni hacer un mínimo gesto, todas y cada una de las manivelas y volantes; y abajo, en el centro, un portillo de acero que, a duras penas, contenía el paso de un calor intenso.

— ¡Venga, Rata!; tronó el abuelo. ¿Dónde andabas?

— ¡Vale, vale ya!, Español; fui a cagar un momento.

Era el fogonero que venía a la carrera saltando entre rail y rail; sujetando en una mano el tabaco y en la otra una gorra sucia y vieja; de un color ya ceniciento.

− ¡Hombre!, Rata, ¡siempre estás plantando tiestos! Todo el santo día comiendo legumbre y matanza; y, claro, cada vez que vez que vas a plantar una flor sueltas un cagallón como el sombrero de un picador; y eso... eso lleva su tiempo. Toda la vida ahorrando, ahorrando; a guardar, apañando, ahuchando, arañando... un día se te va a venir la viga abajo, de tanto como en ella escondes Rata.

− ¡Vale, vale ya! Español. Atiende un poco a razones; que los hijos van creciendo y hay que ahorrar para el día de mañana; por si salen estudiosos y con talento.

−Pero qué coime de estudiar, estudiar, vaya cuento; en cuanto cumplan la edad les coges de la oreja y les traes aquí; les pones una funda y, ¡a trabajar! Como siempre se ha hecho.

−Que no, que no, Español; que yo quiero que estudien. Que no lleven esta perra vida que ha llevado su padre siempre. A ver si me sale uno... yo qué sé, ingeniero, o médico, o...

− ¡O filibustero! Pero, ¿tú para quien vives tu vida?, ¿para tus hijos o para ti? ¿A qué son te estás matando venga atizar el fuego con la garrocha como un esclavo? Pasando tantas miserias y sacrificios. Días y noches yendo de un sitio para otro; durmiendo en cuartuchos desangelados; comiendo en tascas de mala muerte; o tirado en la máquina horas y horas cada vez que nos apartan en cualquier apeadero por cualquier incidencia. ¿Qué saben de lo que es pasar un puerto con el corazón en un puño? Las represalias por cualquier nimiedad.

—Mira, déjalo ya; Manuel. Que no es éste momento. Venga, que ya viene un enganchador; vamos a pasar la composición a la vía 5.

El abuelo, suspirando, renunció a seguir discutiendo; con un suspiro largo y sonoro, como una locomotora soltando un chorro de vapor ardiendo. Y es que el abuelo suspiraba así; una locomotora expulsando vapor sobrante; energía de acerado cíclope acumulada en exceso. A continuación giró sobre sus talones y asomando a la vía medio cuerpo gritó al enganchador: ¡Qué!, Pata. ¿Estamos o no estamos? ¡Vale, Español, cuando quieras!; contestó el que llamaban Pata, el enganchador, al tiempo que daba un salto y se subía al estribo de un vagón agarrándose con fuerza al pasamano. ¡Vamos, empuja de una vez!, que me duermo; volvió a gritar el enganchador.

— ¡Pues vamos yendo, tormento! Replicó el abuelo, y tirando de una polea que recorría el tejadillo de la cabina hizo sonar un pitido tal que al niño le vibraron los huesecillos de los pies a la cabeza y regreso. Vamos, algo tremendo.

— ¡Agárrate fuerte, hijo, que allá vamos!

Lentamente; con un compás cada vez más corto fue la máquina avanzando hasta alcanzar un rugido atronador; atrapando en su cabina ráfagas de aire seco que abrasaban la cara del niño y alborotaban sus rubios cabellos. Lentamente fue pasando la tarde; lentas, pero qué intensas, fueron aquellas cuatro horas. Cansinas. Por un lado el fragor de las máquinas y por otro el estrépito del entrechocar las composiciones entre sí o contra vagones sueltos.

¡Dale cortado, que es pa′la puta Renfe! Gritaba el capataz a los enganchadores; a lo que éstos contestaban con las más sonoras y obscenas exclamaciones mientras saltaban de un vagón a otro, cambiaban una aguja, ponían un calce, o apretaban un freno; y entre todos, capataz y enganchadores, maquinistas, fogoneros, factores, y alguno más que se ha extraviado en el recuerdo, máquinas y vagones, el dédalo de vías, las señales... los cuervos; formaban una singular orquesta interpretando una disarmónica y atonal sinfonía llena de golpes de efecto.

Poco queda ya, o nada, de la inocencia y la ilusión de aquel niño; pero en sus oídos aún resuena, y seguirá sonando, aquel original concierto.

− ¿Por qué te llaman Español, abuelo?

−Pues; porque, a pesar de que nací en un pueblecito de Asturias donde no recibí apenas instrucción ni otro fundamento que salir adelante en la vida por mis propios medios; de joven viajé mucho por toda España, por muchos pueblos. Conocí gente culta, con estudios, con conocimiento; y aprendí a hablar, a expresarme de modo correcto, para un obrero, no obstante los tacos y el acento. Esto me ha permitido, entre los compañeros, ganarme un respeto; aunque yo les ponga motes y les gaste bromas sin cuento. Y por mi aspecto; de chicarrón del norte, de esos que hubo en otro tiempo. Por todo ello me llaman Español; pienso.

− ¿Y tú, cómo te llamas?; rubiales... preguntó el fogonero al niño.

−Javi, ¿y usted?

−Rigoberto, hijo, Rigoberto.

− ¿Y por qué le llaman Rata?

−Eso, pregúntaselo a tu abuelo; le contestó sonriendo. Con una sonrisa maliciosa, de diablillo picarón y trapichero; y continuó con su labor de atizar el fuego, con una barra larga, removiendo.

Con sus piernas cortas, respecto al cuerpo, y aquel cabezón inmenso; con el mono y la gorra sucios, de negro, y, bueno, todo el cuerpo, el niño creía ver, le parecía... ¡Pedro Botero! Sí, así le soñaría desde aquel momento, con aquella sonrisa, y aquellos ojos, astutos; y los cabellos, pardos; de tan sucios casi negros. Sí, el Rata sería Pedro Botero; pero entonces, el abuelo, como jefe de la máquina tendría que ser... ¡ah!, no; no y no, eso no lo acepto. El abuelo es bueno. Siempre ha sido bueno.

Lentamente, en sincopadas pausas, a medida que las máquinas reducían su marcha y frenaban y los trenes quedaban completos, listos para partir en cualquier momento, unas mujerucas, pequeñas, escuálidas, vestidas de negro y con grandes pañuelos en la cabeza, negros, que apenas dejaban ver sus rostros, cetrinos, y sus ojos, negros, muy negros, muy negros, se iban acercando, invadiendo las vías, cada una la suya, como si ya estuvieran de acuerdo; y en unos sacos viejos iban recogiendo las piedras de carbón desperdigadas entre los raíles, sobre el balasto, ya casi negro.

— ¿Quiénes son esas mujeres, abuelo?

— ¿Qué sé yo? Viudas; son viudas de unos pobres desgraciados que murieron fusilados hace algún tiempo.

— ¿Y por qué vienen a recoger carbón de las vías? Las podría pillar una máquina o un vagón de los que van sueltos.

— ¡Hijo!; es mucha la pobreza que hay como para andar mirando lo que otros van recogiendo.

— ¡Cada uno a lo suyo! ¿Eh, Español? Le gritó el fogonero que estaba agachado, escarbando el carbón, su

15

rescoldo, con una pala; y es que parecía... ¡Pedro Botero!

−Anda, Español, toma un par de briquetas. Y le lanzó un par de trozos prismáticos y alargados de carbón aglomerado; de unos 30cm de largo a las que denominaban, entre ellos, briquetas.

Un montón de ellas sobresalía del remolque de la locomotora donde se almacenaban como combustible a consumir por aquel brillante, vibrante, imparable, dragón de acero. El abuelo tomó un bloque de carbón y lo envolvió con un papel de periódico; metiéndolo a continuación en el fondo de su cesta de mimbre; donde siempre llevaba el almuerzo. Entraba justo, justo, ¡que ni hecho a medida, vaya! Lo cubrió con una bayeta azul, algo sucia, y después con servilletas, y la tartera, y la bota de vino; del que tantas veces pisara, de su cosecha, de sus viñedos. Y le guiñó un ojo al nieto; ¡por si vienen los de la brigadilla!, ¡por si husmean!

Ahora comprendía el niño el origen de aquellos extraños trozos de carbón que a veces veía en casa del abuelo; junto a la cocina, apilados como maderos.

−Bueno, ¡hasta la vista, Rata!

−Hasta más vernos, Español. Y cuida del nieto; ¡que estudie! Que no tenga que venir a parar a este puto infierno...

Y se despidió con la mano, de un gesto, seco; continuando con su tarea de cortar en trozos iguales las barras de carbón con un golpe de su pala; certero. Así, agachado, sentado sobre un montón de briquetas, con la larga pala en las manos parecía un diablillo casi, casi, de los buenos; pero, que va; con aquella sonrisa y la cara tiznada y la barra de acero tendría que ser... ¡Pedro Botero! No hay más remedio.

Unos gritos llamaron entonces su atención: era el capataz que increpaba con los peores insultos a las pobres mujeres de los sacos viejos. Las insultaba y amenazaba, haciendo aspavientos, con llamar a la brigadilla para hicieran con ellas un escarmiento. Pero ellas, tranquilas, sin amilanarse un solo momento; sin perder el centro de su vía, de su vida, le devolvían los insultos multiplicados por ciento; y con piedras en la mano, de balasto grasiento, alzándolas, con amaneramiento, pero firmes y seguras, hacían al capataz las más crueles interrogantes sobre su virilidad y la pureza y castidad de toda su parentela y antepasados más directos. A lo que el capataz, acobardado, respondió con un mutis apresurado; no sin antes jurar sobre sus muertos, bueno, sus restos, que algún día les haría pagar tamaño escarnio y atrevimiento.

Y así, aún más tranquilas, continuaron las pequeñas mujeres de negro recogiendo trocitos de carbón esparcido sobre traviesas y balasto; bajo los raíles, y entre el polvo, sucio, espeso, negro. Solo los cuervos, saltando entre rail y rail, elevándose al cielo y cayendo de nuevo, continuaban su tarea, impasibles, al paso de las mujeres vestidas de negro; pisando, sobrevolando, aquel singular timanfaya de piedras y acero, todo sucio, polvoriento. Donde hasta los charcos, de haberlos, serían negros, grasientos.

Pausadamente, con precaución, fueron bajando de la máquina abuelo y nieto para comenzar a desandar el largo camino que, en plena solana, habían recorrido horas antes. Lentamente declinaba el sol veraniego; cansinamente cambiaba su color del amarillo a rojo y de éste al escarlata más intenso.

– ¡Qué!, ¿te ha gustado mi regalo de cumpleaños?; "ayudante".

– ¡Mucho, abuelo, muchísimo! Ha sido... ha sido...

No, no encontraba palabras para describirlo, y quizá nunca llegue a hacerlo. Solo en sueños. Cómo explicar al abuelo, al mundo entero, las mil y una sensaciones distintas, de ruidos, de olores, colores, las voces, los choques, pitidos, el viento... Cómo decir, con su corto vocabulario y escasos conocimientos, aferrado en el asiento del fogonero o de pie asomando la cabeza por la ventanilla había experimentado emociones que le habían llevado el estómago a los pies y el corazón a un alegre infierno. Momentos hubo en que temió no poder resistir otro pitido, topetazo, o ráfaga de viento, cálido, el fuego. Y que, inexorable, el choque se producía y el alma, dual en su deseo, intentaba escapar de su cuerpo y, al mismo tiempo, le forzaba a no dejar evadir, perder, nada, nada; gritos, golpes, estrépitos; nada de lo que allí sucedía en aquellos momentos. Cómo confesarle, al abuelo, al cielo, que era el mejor regalo de cumpleaños que podían haberle hecho. Nunca, ni un libro, ni una bici, ni un balón de reglamento... nunca; nada como aquello.

–Hay que hacer horas extra, hijo; cogiéndole de la mano ya saliendo de la estación, por una calle estrecha, de vuelta a casa, una larga carretera a la puesta de sol. Hay que hacer horas extra, si no la paga no alcanza para casi nada. Pero, ¿te ha gustado?; ¿estás contento? ¡A que sí, pillastre!

– ¡Que sí, abuelo!, ¡que sí!; que lo he pasado muy bien. Estoy muy contento.

– ¡Hasta la noche, Español! Gritó el fogonero, Rigoberto, al pasar, dando pedaladas casi sin esfuerzo en una destartalada bicicleta llena de cables y cuerdas sueltos.

– ¡Hasta la noche, Rata! ¡Y cuidado, que pierdes las briquetas!; señalando con el dedo un sospechoso y rectangular paquete envuelto en papel de periódicos y sujeto con unas correas de goma al portabultos de la bicicleta.

– ¡La hecatombe, Español! ¡Me mata la parienta!

– ¡Ya lo creo! Y el abuelo estalló en una explosiva carcajada como estampido de trueno.

Y es que el abuelo reía como reirían las locomotoras si pudieran; el abuelo reía a lo grande. A lo grande reía y hablaba, daba manotazos en la espalda y gesticulaba, miraba, siempre con nobleza; así era él; franco, fuerte, y sin trampas. Como aquellas máquinas; grandes y sucias por fuera, quizá frías; pero con un ardiente corazón en su interior que las impulsaba imparables hacia lo lejano, muy lejos. Que no existe estación-término cuando se lleva tanto fuego en los adentros.

Paulatinamente y con tiento, al paso de niño de cinco años recién cumplidos; comentando la agitación y el alboroto, maniobras y sucesos, de las horas pasadas, fueron acercándose a la ciudad; iluminados por esa rosada luminiscencia con que nos baña el impasible sol cuando emprende la recta final del verano y cede la canícula y se levanta un cierto airillo fresco. A esa hora, mágica, en que el día se resiste. A irse, morirse; y la noche, o la luna, pugna por ser la nueva dueña y señora del firmamento; desplazando al día viejo y todos sus reflejos, problemas, esfuerzos.

Justo premio a sus desvelos

Manuel, ¿dónde estabas? ¿Dónde está el niño? ¡Ah, truhan, estás aquí! Manolo, ¿no veías que está anocheciendo y es la hora de su cena? Anda su madre como loca buscándole por todas partes; pensábamos que estabais en la huerta. Pero, ¿dónde habéis estado? ¡Ay!, ¡pero si está todo tiznado! ¡¡Manuel!!. ¿No le habrás subido a una máquina?

— ¡Sí, abuela! ; ¡Y hemos estado haciendo maniobras!

— ¡Ay, Dios!; ¡para haberse matado! ¡Vamos!; a lavarte y cambiarte de ropa, ¡rápido!; antes de que venga tu madre y te vea así. ¡Vamos!. Y tú, Manuel, no te escabullas que ya te arreglaré yo las cuentas. Llevar el niño a la maniobra... ¡inconsciente!, ¡majadero!

Una hora después cenaban nieto y abuelo; en silencio, guiñándose el ojo uno a otro y conteniendo a duras penas una risa cómplice; como de golfillos que hubieran cometido alguna de sus hazañas, de sus entuertos.

—Tráeme el porrón del vino que está en la cocina; anda hijo, el que está encima de la mesa. El niño, servicial y raudo, bajó de su silla y se dirigió hacia la puerta. Al abrir descubrió a su abuela en la dura tarea de deshacer las briquetas; sobre una tabla, en el suelo, con una piqueta.

21

– ¿Dónde vas tú, pirata? Preguntó inquisidora y seria, algo disgustada; no con el niño, consigo mismo y con su esposo. Bien conocía a su marido y le creía capaz de hacer cualquier locura; y más por su nieto. ¿Dónde vas, travieso?; ya más relajada.

– ¡Por el porrón del vino, abuela!

–Espera; espera que lo enfríe un poco. Y tomando el porrón en su mano derecha lo acercó al grifo y lo bautizó generosamente; con agua de la traída en vez de usar la del botijo. Generosamente, con tiento, rellenó de agua la mitad del porrón que de vino faltaba hasta que estuvo completo y la disolución confirmada.

¿Cuántos años llevaría la abuela oficiando aquel milagro seglar? Conversor del agua corriente en vino; vino fresco, joven, un clarete extraordinario de aguja y raza. ¿En cuántas ocasiones, familiarizado, habría fingido el abuelo, que recogía la uva de sus propios viñedos, la cargaba en los cestos, pisaba, obtenía el dulce mosto, regalo otoñal de la lluvia y el sol y el tiempo, no darse cuenta del inocente sacramento a que sus tintos se hallaban siempre expuestos?. Después de tantos sudores y esfuerzos como premio recibía un caldo aguado, de taninos clorados y agua caliza.

Y aún, seguramente, de tanto en tanto, para sus adentros, rezaría que no le echase polvos Coza en la tartera. Dichoso vino; maldito espirituoso, que del barro hace vida y del Alma sueño. Hombre y sombra al mismo tiempo.

– ¡Español!, ¡Español!; ¡sales a las 22.35 por la vía 7 con el velero de Ponferrada! ¡Español!. Se oía gritar desde las vías; bajo las ventanas de la galería.

– Vamos, Manuel, ¡termina!; que ya está ahí el avisador con tu llamada.

El abuelo se levantó; y saliendo a la ventana gritó con voz de galerna desatada: ¡oída, coño, oída!; ¡no le dejáis a uno que cene como Dios manda!

Volviendo a la mesa se sentó a dar por concluida la pitanza. Con calma; como si tiempo, sobretodo tiempo, le sobrara. Mientras, diligente, amorosa, la abuela comenzaba a colocar en la cesta de mimbre una marmita con bacalao reciente, humeante, cubierto de huevos y salsa roja al pimentón picante. Y pan, fruta, la bota de vino, - convertido a la fe católica -; y servilletas a cuadros, limpias y recién planchadas; un juego de sábanas; un jersey, y calcetines de lana. Por si se quedaban tirados en la rampa de Brañuelas. Que aunque sea verano, allí, de noche, te calienta la helada el cuerpo que da miedo y se te hielan hasta las ideas si no vas abrigado.

Al poco tiempo ya afeitado y peinado recogía el abuelo su cesta, y el chaquetón oscuro de grueso paño, y la gorra. Dando un beso a la abuela y un coscorrón, cariñoso, al nieto, se despedía: ¡hasta el viernes!, si no pasa nada malo.

Con un salto ya estaba bajando las escaleras. Allá bajaba; alegre, silbando; por las escaleras brincando, y saliendo a la calle con su cesta y su tabardo, su gorra azul con una fina banda roja, silbando. Alegre al subirse otra vez a la máquina, -al burro, como le llamaban -, alegre; siempre alegre marchaba... ¡a trabajar!

Pocos años más tarde el abuelo alcanzó la edad de la jubilación. Esa tercera estación de nuestras vidas que, aunque figura en todos los itinerarios, parece que nadie quisiera alcanzar si no seguir por más tiempo rodando a toda marcha sin frenos ni cortapisas.

Y tuvo que retirarse; dejar de conducir "SUS" máquinas: aquellas locomotoras negras, brillantes, vibrantes, que tanto quería. Construyó una casa en una pequeña finca; con huerta y bodega, junto a un paso a nivel con barreras en la línea de Asturias. Y todas las mañanas y tardes, como si de una promesa se tratase, puntual, - un minuto antes de la hora programada -, iba a contemplar el paso de los trenes: el rápido, el velero, el tren del oro. Los de carbón y acero que de Asturias bajaban; los demás subiendo, hacia las montañas, al Puerto. Hasta el paso a nivel se acercaba, como un niño, a ver pasar los trenes con los que tantas veces había remontado y descendido las rampas del Puerto; y sus túneles. Los 69 túneles que tiene el trayecto. Donde nunca se sabía si era el frío del Norte que se enquistaba en lo más negro, el calor intenso del hogar que por la rejilla abierta escapaba, o el asfixiante humo espeso, lo que causaba mayor sufrimiento. Siempre puntual, a las horas programadas, allí estaba el Español; saludando con su garra azul y roja el paso de los convoyes.

− ¡Adiós, Español!; ¿cómo van las patatas? Le gritaban los maquinistas al pasar.

− ¿Cómo te van a ti las almorranas? ¡No asomes la cabeza que no libras gálibo por los túneles! Les contestaba.

Siempre lanzándose puyas e improperios; sin malicia; entre compañeros.

Esforzadamente; a ritmo de "Mikado", "Confederación", "Santa Fe", "Mastodonte", "Pacific", "Montaña", fueron pasando los años; y aquellas hermosas maquinarias, hijas del talento y del esfuerzo, fueron

24

sustituidas por otras, eléctricas, importadas de La Gran Bretaña: las setecientas, las inglesas; las llamaban y las llamamos los que las queremos y apreciamos.

Qué raudas, qué potentes y bonitas eran estas nuevas máquinas que hacían la línea de Asturias; cuanto daría el Español por llevar en sus manos una de ellas. Puerto arriba, puerto abajo; hacia Oviedo, hacia Gijón, hacia la playa... hasta mar adentro.

Cuanto daría él, ahora que tenía la libertad y el acumulo de tiempo, para aprender, que da el estar jubilado, y una paga, y unas cuantas tierras, unas heredadas, otras con sus ahorros compradas, y una casa con huerto y bodega, y los hijos crecidos, casados, y... y no tenía nada. Solo un sueño: ¡Conducir una locomotora eléctrica hasta el mar Cantábrico!

Tren a tren, cita tras cita, fue haciendo amistad con el guardabarrera, Julián; al que apodaba el Negro. Pasados los cincuenta; los hijos estudiando lejos y la mujer dueña y señora del hogar hasta sus cimientos, encontraba fundamento y un nuevo sentido a su vida en aquella garita. Doce horas, de la mañana a la noche, en verano y en invierno, viendo pasar el sol, los trenes, automóviles y peatones, niños, viejos, mulos y caballos, ovejas con sus perros y pastores... el tiempo. Las visitas del Español y sus recuerdos le ayudaban a sobrellevar aquella ingente cantidad de horas de trabajo. Aguantando en un viejo chamizo; con una mesa, una silla, y un arcón que debía ser de cuando reinaba Carolo.

− ¡Caray, Español, mira que te tenía yo miedo! Cada vez que iba a avisarte nunca sabía si me lanzarías una maldición o un tiesto. ¡Eras tremendo!

Julián había trabajado muchos años como peón de Movimiento; y comúnmente hacía funciones de avisador. Esto es; ir a las casas de los maquinistas y fogoneros para darles aviso de su próximo servicio: destino, hora de salida, vía y tipo de tren, rápido, expreso, velero... La mayor parte de los maquinistas vivían cerca de la estación; en bloques de casas que daban por su parte posterior a las vías de la estación.

Así que Julián, como los demás, se limitaba a vocear desde las vías, frente a las galerías, (pobladas de tiestos y cacharrería, ropa tendida, y una docena o más de gatitos maullando noche y día. Y un perro: Chester; el perro del Alemán.) el nombre del empleado y el servicio para el cual se le requería. Y eran sus mujeres, normalmente, quienes le respondían, pues sus maridos estarían en el bar jugando la partida; o si en casa, durmiendo.

Cuánto se agradece una siestecita cuando se trabaja a turnos.

– ¡Cómo pasa el tiempo, Manuel, quien lo diría!, parece que fue ayer cuando empecé a trabajar por tres perronas al día. ¡Cuánta necesidad pasamos en aquella época! Pasó la era del carbón y ahora los trenes son más rápidos, más limpios. ¡Qué de adelantos en una sola vida!

Pero el Español una y otra vez disentía; arguyendo: el cambio automatización / esfuerzo, rendimiento / competencia, y una paga siempre insuficiente como regalía, el trabajador siempre saldrá perdiendo. Pierde el amor al trabajo y la satisfacción por un buen servicio realizado. Y el estímulo por la superación rápida de una incidencia también se pierde.

−Ya no encuentra el hombre justificación al esfuerzo diario. Todo es hoy día correr y correr; pelearse como fieras por un objetivo siempre inalcanzado, solo mentalmente imaginado. Saltan todas las vallas, precauciones, viejas normas del vivir humano que tras tantos siglos se habían alcanzado. Fama y dinero, la atención ajena, el fruto de su trabajo, se roban o se obtienen vendiendo el Alma; o esclavizando la ajena. Es una carrera inmensa, millones de esforzados; sacando las riquezas de la tierra no las del espíritu esclarecido. Encadenado la vida se sienten libres, superiores; y tan solo son unos pobres niños solitarios, indefensos. Se sienten abandonados.

Buscando un hogar donde sentir el calor del Amor y la compañía de la Dicha vagan por calles y caminos encharcados, embarrados; corriendo, peleando.

Cuando las tormentas estallan y los aguaceros descargan se refugian en los recovecos de una civilización gastada, huera. Sin estrella que les guíe.

Pues la abandonaron.

Todo son artefactos, artificios, parques de atracciones para niños inculturizados. Y desfiles; muchos desfiles donde exhibir la estupidez absoluta que han alcanzado.

Ya no encuentra un hombre justo justificación. Nadie paga el desvelo; la presteza, la entrega desinteresada o la perfección con que lograste cumplir el servicio asignado. Nadie lo paga, nadie lo ha pagado ni lo pagará nunca; pero ¿y quién lo pedía? A lo sumo el jefe te lo agradecía con una sonrisa o un manotazo en los hombros, y tomábamos juntos un vaso de vino en la cantina; calentando las manos agarrados a la barra y la cabeza con habladurías.

Todos sabíamos cómo era uno y cómo era otro. Y si se tenía un mal día entre todos se le cubría. Ahora no se trabaja: se produce. Y tan solo te valoran por tu fuerza productiva. Y se supone que has de sentirte satisfecho con las cosas que compras con la paga a cambio recibida. Y un hombre jamás estará contento, gozoso, satisfecho, por más y más que gaste y compre en toda su vida.

−Mira nuestros nietos, que estudian y estudian cuarenta materias distintas; ¿qué es, en realidad, lo que aprenden de la vida? ¿Cómo se divierte la juventud de nuestros días? ¿Tantos desvelos por alcanzar una "posición"?. Comprarse un gran coche, un piso, y juguetes; muchos juguetes. ¿Es que merece la pena?; Julián.

De este tipo eran más o menos el tono y duración de las charlas que sostenían; hasta que el tren pasaba y cada uno, el Español a su finca, el huerto y los conejos, que le absorbía. O, al menos, eso decía. Y el Negro, Julián, a su garita; esquivando picaduras de mosquitos entre largas meditaciones que no le trascenderían. Cada uno en sus reflexiones se envolvía y esperaban a la siguiente cita. Parecía una extraña partida de ajedrez que entre gambitos y enroques nunca se acabaría.

Fue así, al fin, un lento atardecer otoñal, enfrascados en su partida, - el dominio de blancas y negras se sucedía -, que no cayeron en la cuenta que la vida es un reflejo, dorado o plateado, según los días, del sol, que se escapa, declina, se apaga. Se desearon buena suerte y hasta la vista. Que cielo e infierno tras los pasos del hombre caminan como luna y estrellas tras el carro triunfal procesionan. Su última visita.

A la mañana siguiente, a esa hora en que la neblina de la ribera aún no se levanta, y el sol no aprieta, está ligero, y hay una quietud espesa, un silencio anómalo, casi da miedo, al paso del rápido el Español no estaba; no acudía.

El guardabarrera miró una y otra vez, saltando incluso, forzando la vista mientras bajaba las barreras; vigilando el camino que el Español siempre recorría. Extrañado.

Un oscuro presentimiento endureció sus facciones y veló su mirada y su sonrisa. Algo, no se sabe, él dice no saber, no recordar..., los pájaros que no oía, un repelús, una brisa, tenue, que surgió, inesperada, aquella mañana. Sí, algo, (un milano, decía, los primeros días) le avisó que el Español ni entonces ni nunca comparecería. Que nunca más volvería a contemplar el paso de las locomotoras que tanto apreciaba y quería.

Se escuchó el pitido de la locomotora anunciando su inminente llegada, y el agudo creciente recorrió los campos de lúpulo y verduras; de flores silvestres entre muros de zarzamoras ennegrecidas; de álamos jóvenes que con las ráfagas de brisa fría repartían sus hojas como cartas en una partida; la postrer partida. El pitido continuó, se expandió, recorriendo las tierras y penetrando en las casas de labranza como una llamada; una desgarradora, suplicante, llamada hacia aquél que tanto las quería.

¡Español!, ¡Español! Parecía que surgía el grito de las entrañas mismas de la moderna maquinaria ferroviaria. ¡Español!. Sentimos que decía.

Pero el Español no estaba, ya nunca estaría, para responder a su llamada; como todos los días, puntual, a la hora prevista; saludando con su gorra; su gorra azul y una banda roja. Roja como una etérea llamarada; como de carbón que arde, ilumina, y se apaga. Como la vida.

29

Guarda una cerilla

No pasan en balde los días. El nieto creció; la barba cerrada muestra apuntes blancos, la frente, entradas; y la coronilla reluciente calva. No, no pasa en balde la vida. Ni de gorra salen las cajetillas que fuma mientras trabaja y recapacita.

Ingresó en la compañía ferroviaria, tal y como sus ancestros seguramente desearían. La situación laboral era difícil en aquellas fechas y aprovechó la oportunidad surgida. Había estudiado y vagueado, persiguiendo chicas; y recorrido muchas millas de su país y algún otro cercano; por ver que había. Trabajó en lo que pudo; desde talleres hasta oficinas; desempeñando labores tan diferentes como camarero o instalador de líneas telefónicas, - monte arriba, monte abajo -; e incluso vocalista de un grupo musical rocanrolero.

Pero fue el ferrocarril, herencia y penitencia, consignación y expiación; el tren, su casa, su familia; que le atrajo de una forma casual e inadvertida; casi, casi, como topando con él en una esquina. Y ya son varios años de ocupación diaria; de turnos, noches, tardes, y amanecidas. Vacaciones en cualquier fecha del año; huelgas, expedientes; y eso que los compañeros llaman una actitud "combativa".

Como premio, una garita, - la misma garita -; su hogar doce horas al día. Una triste caseta de paredes enmohecidas, una barrera, y un par de vías. Y ver pasar la vida. Pasar de los trenes; entrever en sus ventanillas fugaces retazos de otros seres, imágenes oníricas, reflejos fantasmas, siluetas embozadas tras las cortinillas.

Y aquí sigue; sentado en su garita. Los trenes zumbando pasan llenos, ajenos, de vidas. Él, junto a la barrera, saludando con la gorrita; viendo pasar convoyes... de ánimas, benditas.

Allá se fueron los abuelos; eran de madera los vagones; la máquina: una chocolaterita. Allá se fue el padre, plácidamente dormido; en un ferrobús plateado, brillante, casi de amanecida. Y cómo llovía, Dios mío, cómo llovía. Parecía que el diluvio se nos venía encima. Allá va la madre en una unidad tranvía azul casi al mediodía. Mañana de escarcha; la atmósfera relucía de cristales de hielo que flotaban en el airecillo y formaban como una escalera que al cielo subía.

Allá se fueron amores y caras desconocidas. Cuanta gente transportan esos trenes; y él solo los mira. Apoyando en la barrera la barriga; y en la mano una banderita; que a veces agita. Tímido reclamo que solicita: una atención, un gesto, un guiño; por favor... una sonrisita.

Vosotros que vais al final de las vías/vidas, líneas que han sido prescritas, acordaos del guardabarrera, el hombre de la banderita. Apoyado en la barrera o sentado en la garita espera, espera, su día, su cita, para subirse a un tren y largarse; ¡aunque sea en un mercancías!

Displicente y deprimido, un día encontró, en el fondo del arcón que hay en la garita, bajo un buen montón de viejas revistas, un ajado calendario; fotografía en bañador de una chica realmente bonita. Y, sobre ella, con plumilla, escrito, con letra pequeña, fina, una cita: "Como un Elías en el desierto, abandonado, y solo por cuervos alimentado, recuerdos desdibujados, mi afanosa vida se marchita; ya las mujeres de negro me andan buscando".

Era la letra del abuelo; su abuelo, aquel Español de otrora. Como sus predecesores conjugaba esfuerzo callado y diario, renuncias, y una extraña fuerza mística que nadie sabe si les daba la raza o la tierra misma. Una fe que les impulsaba, incluso, a poner en peligro sus vidas a poco que la ocasión lo requiriese. A trabajar sin desmayo, horas y horas, días y días. Como premio un bocado y trago de la bota; ¡está tan rica!

Una paz interior tenía aquel hombre que se reflejaba sobretodo en su risa; franca, abierta, atronadora e invitadora... a disfrutar de la vida. Que no importa lo que ocurra, todos tenemos plaza reservada en ese tren que sale todos los días. Podremos tomarlo cuando Dios nos diga. El billete está en la mano, y en el corazón el factor que dará la señal de salida.

Que largos se hacen los días; sentado en una garita; y las noches infinitas. Se ha acostumbrado a observar las estrellas; a reconocerlas con un golpe de vista. Ya distingue en el poblado firmamento docenas de constelaciones, la banda del Zodíaco, los planetas, ciertas estrellas; y de la Luna sus fases sucesivas. Su ajado encanto. Su luz amiga.

A veces se imagina en una cápsula, perdida; flotando al albur de los vientos solares o de la gravedad; esa gran desconocida. Encerrado en su cápsula observa, a través de una pequeña ventanilla, las estrellas y el planeta absurdo que habita. Intenta desentrañar dirección y sentido, ascendente o motivo, de su marcha cansina, lenta, aburrida. ¿Cuál es nuestro destino, meta, puerto de arribada y final de travesía íntima? ¿Qué sentido tienen nuestras vidas? Emplear la mayor parte de nuestro tiempo en una labor deshumanizada, mecánica, nada creativa.

Es que esta sociedad idólatra, alienante y represiva, no puede concebir que cualquier hombre o mujer, aún de una capacidad intelectual bajísima, sea capaz de crear, sí, crear nuevas formas, bellas, humanas, equilibradas; - de realizar su vida -; muy alejadas de la pura versión productiva, monetaria, mercantilista. Es trabajo, servicio a los demás, entrega activa, de tu inteligencia, de tu vida, estar pendiente de una máquina, un impreso, un ticket, que abran o cierren una tienda, taller, oficina... ¿Tantos esclavos necesita el Imperio de nuestros días? La opulencia desmedida, y el poder, la maldad que está detrás, escondida, disfrazada con suntuosos disfraces propios de carnestolendas elitistas, se busca ahora, se anhela, se reza, se lucha ciegamente, para tocar, si acaso, con las yemas de los dedos como antaño, en procesión, las imágenes benditas.

Estúpida fe; ídola maldita... el dinero, el poder, popularidad, dominio o fama sobre los demás. Dominio de su mente, de su voluntad, hasta del aire que respiran y cuando pueden respirar. El ánima vendida al qué dirán, qué pensaran.

Yo estoy por encima, se dicen. Signo seguro y fiel de una debilidad del alma que la vuelve loca encerrada en su fortín mental, gruesos muros de autocomplacencia. Y no hay ya hospitales suficientes, ni enfermeras, ni remedio posible por médicos inexistentes para atender tanta mente enferma; tanto alma voraz y sumisa.

No es bueno pensar y reflexionar sobre el sentido y móvil, inicial o final, de nuestras vidas... tan pasivas, de esclavos consumistas y de ecuestres hedonistas.

Apostar. Órdago a la grande y a la chica; con una actitud claramente combativa, a favor de una nueva espiritualidad más rica y creativa; activa poética que riega y fertiliza cada acto consciente e inconsciente de nuestro hacer. Una revolución definitiva. Tan alejada de la violencia y la dominación humanas como la noche del día. Donde las personas se consideren, respeten, admiren, por su sabiduría y creatividad; por su capacidad para hacer más humana, equilibrada y bella, la existencia, el hogar, ciudad, patria, mundo común, interior y exterior, de sí y de sus semejantes, hermanos, compañeros de fatigas. ¿Está tan lejos ese solsticio?

Una noche de tormenta, encerrado en la garita, algún rayo cayó cerca; las gotas de lluvia golpeaban con fuerza el tejado de Uralita, y el viento amenazaba con arrancar la caseta de cuajo y llevarla rodando por las vías; por desesperación o maravilla comenzó a recordar el guardabarrera, aquella tarde de su quinto cumpleaños; cenando con su abuelo y cómo éste le reprendía.

—No. No nos llevamos las briquetas por robar o porque en casa pasemos ahora tanta carestía. Es por rebeldía. Por no admitir que nos dominan. Son dos trozos de carbón pero importa lo que significan: si en nuestra propia casa, el trabajo, la patria, nos tratan como escoria; y nuestras luchas y renuncias resultaron baldías aún nos queda como amparo la rebeldía. Nunca te des por vencido; aunque mil veces caigas al abismo mil y una saldrás. Ni olvides este día. Que si cada uno de nosotros, esclavos, pone de su parte una piedra en esta vía pronto podrá partir, al fin, el tren que cambie por entero esta comedia de vida. Hasta entonces te habrás de conformar con llevar a casa, cuando sea posible, un par de briquetas y una sonrisa; la del esclavo que confía en el día que ha de llegar. El día en el que arderá en la pira este imperio de la mentira, del fasto y la soberbia desmedida. Tú ve llevando a casa briquetas y espera la señal. Para entonces, toma: guarda una cerilla.

Y nuestro guardabarrera aguarda; sentado en su garita. Recechando auroras. De un sol glorioso. Seguirá aguardando. La mente calma, el pulso firme. Restañando heridas. Del Alma. Confiando. Sigue guardando una cerilla.

Fin

BOCI, HÉROE VOLTÁICO

En un grupo de Facebook de antiguos alumnos de la Universidad Laboral de Tarragona un compañero nos propuso escribir algún relato donde contar algunos recuerdos de nuestro paso por aquel centro de estudios técnicos y universitarios. Siguiendo en mi línea de cuentos fantásticos escribí de un tirón este corto relato que comparto también con vosotros.
Espero que al menos os divierta su lectura.

Aquella noche de domingo, eran casi las dos de la mañana, solo quedaban en el cuarto de lectura del colegio Jaime Balmes tres intrépidos estudiantes repasando una y otra vez fórmulas eléctricas y esquemas de motores y transformadores. Al día siguiente tenían examen de prácticas. Eran Dimi, Robert, y el Boci, nuestro campeón.

Tumbados en los amplios butacones ya entrecerraban los ojos y dejaban caer al suelo los cuadernos de apuntes y las hojas de prácticas.

—Bueno, Dimi, ¿nos vamos a la cama? Yo ya no soy capaz de mirar una fórmula más y si tengo que hacer otra gráfica me va a dar el telele.

— ¡Pero si te has pasado la tarde escuchando discos de Serrat y Janis Joplin! ¿Qué has estudiado? ¿Tienes ya todas las prácticas para mañana?

—Tiene razón Robert, ya no nos entra más. Y fue tuya la idea de bajar a este cuarto para estudiar

— ¿Y ha sido mala? El único sitio donde nos iban a dejar en paz era éste. Al lado del cuarto del educador.

—Bueno, vale. Pero yo subo a la habitación que necesito dormir algo

—Pues venga, campeón; nos vamos todos a dormir.

Subieron medio dormidos las escaleras del colegio hasta la segunda planta y medio amodorrados se desvistieron; alumbrados a penas por un sencillo flexo. Cuando alguno ya estaba cogiendo la horizontal saltó como un puma el Boci, como impulsado por un resorte oculto, avisando sottovoce a sus compañeros: ¡alguien sube por las escaleras! En apenas instantes ya estaban Dimi y Boci llenando de agua dos grandes bolsas de plástico (de las compras en Carrefour) y salían sigilosos al descansillo de las escaleras. El Robert les guardaba las espaldas oculto tras la esquina empuñando en sus manos un extintor. Es que hay gente sin sentido del humor.

Callados como cazadores expertos y ocultos atisbaban el recibidor del colegio. Robert, desde la retaguardia, les susurró:

— ¡Qué! ¿Viene alguno?

—Calla, que se siente subir alguien por las escaleras.

— ¿Pero quién?

Dimi, que a cazar perdices no había quien le superara en su pueblo y en cien kilómetros a la redonda levantó un poco la cabeza con la bolsa de agua ya preparada para ser lanzada; el Boci lo mismo.

De repente se irguieron y quedaron como estupefactos. Sin moverse.

– ¿Pero qué pasa? ¿Quién es? ¿El rector?

Al ver que ni respondían Robert también se irguió y asomó la cabeza por la esquina. Una aparición espectral le dejó congelado en instantes. Era una muchacha rubia, esbelta, bellísima. Su traje era blanco y luminoso. En sus manos portaba un hermoso buqué de novia y en su noble cabeza resplandecía una preciosa corona de flores.

Los tres quedaron paralizados viéndola subir las escaleras, pasando por delante de ellos y dirigirse al tercer piso. No hubo una palabra, una mirada, un suspiro que se escapara, hasta que la muchacha desapareció de su vista. Como despertando de un sueño se vieron los tres reunirse en un abrazo y decirse al unísono: ¿pero qué es esto? ¿Qué es esto?

Superada la impresión decidieron volver a su habitación. Robert, inquieto, todavía reunió valor para subir al tercer piso y mirar por los pasillos y habitaciones. Una por una.

Al volver a su guarida los compañeros, ya acostados, le reprocharon su curiosidad. ¡Tú crees en fantasmas! ¡Siempre leyendo novelas de ciencia ficción! ¡Que estamos muy cansados! ¡A que no encontraste nada! ¡Pero no sabes que el tercer piso está vacío!

– ¡Vale, vale! Yo seré el de los libros de fantasía pero juraría que he visto algo que no consigo explicarme, ¡pasó por delante de mis narices! Bueno, a ver si podemos dormir.

Algo puede que durmiesen aquella noche pero apenas abrieron las puertas del comedor a primera hora de la mañana ya estaban los tres dirigiéndose a toda prisa a coger una bandeja y sentarse a desayunar.

Apenas abrió las puertas de los talleres el celador se lanzaron los tres al laboratorio de motores discutiendo qué putada iban a preparar. ¡Qué mejor día que el del examen de prácticas!

Dimi y el Robert se lanzaron hacia el gran motor Westinghouse cavilando tropelías mientras el Boci se dirigía a la jaula de contactores de alta tensión y cuando ya cerraba el interruptor general le pareció oír una voz que le gritaba: ¡Boci! ¡No! ¡Por Dios no...!

Fue inútil. Cerró el contacto.

Instantes después aquello era un pandemónium. La pesadilla eléctrica se abatía sobre ellos. El laboratorio se había convertido en una tremenda jaula de Faraday y de todos los motores y transformadores surgían tremendas lenguas eléctricas que lo sacudían todo. La tensión fue alcanzando su grado superior y las máquinas absorbían más y más corriente lanzando prodigiosos rayos por todas partes y saliendo por las ventanas. Aquello no había quien lo parara. El Dimi gritaba y gritaba como enloquecido y Robert solo era capaz de decir ¡Boci! ¡Boci! ¡Corta! ¡Corta tensión!

Pero aquello no se paraba. Una tremenda reacción en cadena salió de la Universidad Laboral hacia el polígono industrial adyacente, de aquí a todas las redes de Cataluña, y siguió extendiéndose por el todo el país y hacia Europa. En minutos, el ejército, la OTAN, la NASA, todo el orbe occidental se enfrentaba a una situación de alerta máxima y absoluta prioridad.

Los alumnos corrían de un lado para otro o asomando a las ventanas gritaban: ¿qué pasa? ¿Qué pasa? ¡La tercera guerra mundial!

Un profesor de máquinas eléctricas bajó corriendo del comedor de profes, donde se encontraba desayunando, y al salir a la explanada se encontró con otros dos compañeros que subían las escaleras.

— ¿Qué pasa? ¿Sabéis algo?

—Al llegar con el coche el guarda de la puerta nos ha dicho que salen rayos de los talleres y que parece que vamos a salir todos volando.

Y a la carrera se dirigieron hacia allí.

Cuando se encontraban a unos vente metros vieron que los chispazos desaparecían y apretaron el paso. Al entrar en el gran edificio se dirigieron directamente a la zona de motores eléctricos. La escena era dantesca. Había quemaduras eléctricas por todas partes y de todos los tamaños. En el suelo, tirado y con los brazos en cruz el Dimi deliraba y al intentar levantarle sacudía manotazos gritando: ¡dejarme, dejarme, estoy hablando con Tesla de tú a tú! Robert estaba arrodillado a los pies del gran motor asíncrono con todo el rotor a la vista. En sus manos sostenía una guirnalda de flores y dándose de cabezazos contra el devanado repetía: ¡la vi! ¡Dios mío, yo la vi! Una y otra vez.

Dejaron a los dos estudiantes por imposible hasta que llegaron los guardas de la Laboral y se dirigieron presurosos hacia la jaula de contactores generales de talleres y al acercarse les pareció oír una vocecilla. Apretaron el paso y al llegar se encontraron a un alumno pegado al contactor general; ya por fin abierto. Negro como el azabache, abrasadas las ropas, los cordones de las

41

zapatillas de deporte aún ardían, y se le sentía decir, como en un susurro, algo así como: ¡Dimi! ¡Dimi! ¡Ya sé! ¡Ya lo sé! Lo que vimos anoche: ¡era la electricidad! ¡La electricidad, Dimi, la electricidad!

Adenda

Sobrevivieron, sobrevivieron a esta aventura, ¡qué digo que si sobrevivieron! Quince días más tarde ya estaban de visita estudiantil a una central nuclear recién inaugurada y entonces al Robert se le ocurrió explorar un poco el núcleo central. Pero bueno, eso es otra aventura y lo dejamos para otra ocasión.

CAMPAMENTO PIRENAICO

Los humanoides van al monte

Existieron los trilobites; y también los nautilos. Ahora hay esto.

Un sencillo cuento para recordar aquellos campamentos que hacíamos por nuestra cuenta y riesgo en las montañas de España.

Es una pena que ya no se pueda acampar casi en ningún lugar, pero ha de primar la protección de la naturaleza.

Espero arrancaros alguna sonrisa con este relato.

Recordar, ¡son cuentos fantásticos! Cualquier parecido con la realidad es pura coincidencia.

Amanece una primorosa mañana sobre los inmensos pinares de un escondido valle pirenaico. El susurro del viento sobre las agujas de los árboles levanta suavemente las brizas de niebla de la noche pasada. En un rincón oculto de la parte más alta del valle un grupo de tiendas de montaña recoge en su interior a nuestros intrépidos participantes en el último campamento de alta montaña habido y por haber.

Llegaron con las últimas luces del día anterior y buscaron un rincón escondido que les pareció apropiado para sus fines: pasar unas cuantas jornadas en contacto con la naturaleza y subir unas cuantas cimas pirenaicas.

En cuestión de minutos unas figuras de aspecto casi reconocible van surgiendo de las tiendas como modernos Jonás de su ballena y se reúnen alrededor de dos grandes camping gas para hacerse el desayuno.

Somnolientos van de uno en uno desfilando hasta un arroyo cercano para hacer sus abluciones. Al poco rato están todos sentados en el suelo desayunando y decidiendo qué hacer en su primer día de montaña.

− ¿Qué hacemos hoy para empezar con buen pie el campamento? Rompe el silencio el más joven de todos para decir lo que está pensando.

−Yo voto por subir el Posets; que venimos fuertes y con ganas. ¿Y vosotros?

−Con que lo diga uno vale. Y tú, mostrenco, por decirlo vas a ir el primero abriendo huella.

−No te metas con Felipe que ha pasado mala noche

−Y tú, modorro, por hablar, te quedas a recoger todo los trastos después de desayunar.

Casi una hora más tarde salen los componentes de tan intrigante expedición presurosos hacia la gran montaña. Altivos los de género masculino y parlanchines los del femenino. Poco a poco van abandonando la zona de espesos pinares para subir a los altos collados que les conducen a los pies de la gran montaña nevada. Al llegar a una cabaña hacen una breve parada para recuperar el resuello y beber algo de agua.

— ¿Pero qué le pasa a Felipe que sube ahogado? ¿Sabes algo Pepe? Tú duermes con él. Le pregunta una de las chicas.

—Dormimos en la misma tienda; pero estaría soñando con alguna rubia peligrosa y ni durmió él ni casi me dejó dormir a mí.

—Oye, ¿y por qué subes cargando con la mochila grande? Te va a costar horrores hacer cumbre.

—Cuando lleguemos al ibón que hay bajo la cima os enteraréis del porqué. Bueno, si estamos todos ya, será mejor que sigamos subiendo.

—Esperar, que falta el Tata. Está haciendo sus cosas detrás de unas piedras.

— ¿Y estás segura que ha ido solo?

Siguen al poco tiempo nuestros esforzados alpinistas camino de la cima, hasta que al llegar al ibón del Posets Pepito decide que ya ha subido bastante por hoy y que se quedara en el lago esperando a que los demás bajen.

—Bueno, tú verás; pero ¡no hagas pijadas! Que te conocemos

—No voy a cazar gamuzas. Me quedo por aquí tomando el sol y disfrutando del paisaje. Tú cuida de la tropa y que no se estampe alguno en un paso rocoso. Ya sabes que es un pico facilón.

—Ya, ya; lo he subido más veces que tú. Vigilaré que esos bandarras no me la líen con las chicas.

—Mientras no la prepares tú, majadero, iremos bien.

Una hora más tarde nuestros esforzados expedicionarios saltan y gritan, agitan sus banderas, y se hacen fotos con gran jolgorio y animación en la cima del pico.

—La expedición Pactra 2001 ha cumplido puntualmente su primer objetivo. Declara solemnemente el Tata como jefe supremo y omnipotente de aquel grupo de selectos humanoides.

— ¡Qué pena que no haya subido Pepe! Exclama una pelirroja del equipo triunfal.

—Pero, ¡mirar abajo! Exclama una rubia platino nada caucásica; hay alguien nadando entre los bloques de hielo. Felipe, tú tienes binoculares, ¿podrías echar un vistazo?

—Ya lo estoy haciendo; y sí, es Pepe. Lo que escondía en el mochilón era una colchoneta hinchable. Será mejor que bajemos cagando leches porque ese hoy la lía parda.

Minutos más tarde bajan corriendo y saltando como bucardos Posets abajo nuestros alegres y dicharacheros montañeros. Según se van acercando ya les parece oír una vocecita lejana que grita: ¡Felipe! ¡Felipe! ¡Ven pronto! Y al llegar a las orillas del ibón se encuentran con un espectáculo entre cómico y dantesco. Flotando entre grandes bloques de hielo se haya Pepito en bañador tumbado sobre la colchoneta.

— ¡Qué bien te lo pasas! ¡Nosotros sudando y tú dándote un bañito!

—O sales pronto del agua o te quedas solo. Nosotros bajamos a toda leche al campamento que ya se ve venir la tormenta.

— No puedo ¡joder! ¡Felipe! ¡Felipeeee!

—Pero deja de gritar, cojona, y sal del agua ya de una vez.

− ¡No puedo! ¡Se me han helado las manos! ¡No puedo salir! ¡No me dejéis entre los hielos!

−Este tío se debería haber quedado en la sima de Atapuerca, que es su sitio adecuado, cuando pasamos por allí.

−Y tú te podías ir a la estratosfera, que siempre andas flipando. Y se desnuda el tío Felipe y se lanza al agua. Con unas fuertes brazadas llega hasta la colchoneta y comienza a remolcar a su flotante amigo. Al llegar a la orilla es recibido con gran alborozo y muchos achuchones de todas las montañeras presentes.

−Al que deberíais achuchar y frotar bien ese a este bobo que viene con las manos heladas y me entra canguelo de verle tiritar.

−Eso se lo curo yo cagando melodías, exclama el Tata; y abriendo una cremallera de la mochila saca una pequeña botella de agua y se la ofrece al titilante aventurero. Este la toma con las muñecas y comienza a beber. Primero un sorbito y después a grandes tragos.

− ¡Para tú! ¡Que no es para quitar el hipo! No se bebe el agua tan rápido, que te vas a atragantar. Le dice el más joven y atolondrado de todos.

−No, si no es agua. Es orujo del Bierzo, verás cómo resucita, dejarle.

Y ciertamente, unos minutos más tarde ya va bajando todo el grupo al campamento pirenaico. Las voces y cánticos se deben escuchar en Francia por lo menos. Y solamente los primeros relámpagos y truenos inmensos le hacen callar y apretar el paso para ir a refugiarse en las tiendas de campaña.

Mientras la montaña descarga su incontenible furia sobre nuestros intrépidos aventureros ellos, prominentes e

47

inconscientes del peligro, se apretujan en sus frágiles tiendas de campaña. Al granizo le sigue una lluvia que se derrama como un torrente continuo, cae a mares; algún inconsecuente ya se llega a sentir un novísimo Noé y les grita a las chicas: ¡tranquilas, guapas, que si no escampa yo iré a salvaros! ¡Deja ya el orujo! Zampón; o serás tú el que se ahogue. Y las rechiflas femeninas al valiente salvador se escuchan prístinas entre los truenos.

Caen las últimas gotas cuando el sol ya se oculta entre las altas cumbres cercanas y cual caracoles salen a despedirle los intrépidos escaladores.

– ¡Al fin nos podremos bañar! Grita uno de los macacos saliendo con la toalla y el bañador de su tienda.

–Sí, claro, en la torrentera; y como nos descuidemos te van a recoger en Zaragoza. Quieto ahí; espera un poco.

Entre cuatro osos mañosos preparan en un pis pas un ingenioso sistema para sacar agua del crecido arroyo y ducharse bajo una roca. Uno por uno va desfilando bajo el chorro de agua helada mientras sueltan pavorosas exclamaciones e interjecciones. Después se van vistiendo y reuniendo en un par de corros para charlar viendo como oscurece. Un par de ellos prefiere marchar de exploración prometiendo previamente no alejarse mucho.

Cuando apenas queda luz solar uno de los danzantes deja a un lado la botella de sidra y se acerca a una de las tiendas exclamando: ¡Anda, Tata, sal de una vez! y reúnenos a todos que es hora de cenar algo. Se nos hace de noche y me crujen las tripas.

Sale el pinturero jefe de su altivo cubil y llama a rebato con grandes voces a su camada para que preparen todos los cacharros y viandas para hacer una opípara cenorra. O sea, como dios manda. No vamos a pasar hambre en estos putos montes. (¡Vaya resaca!)

— ¿Falta alguna mona, Felipe?

—Dos jipis que bajaron de exploración arroyo abajo. Mira a ver si los encuentras.

Apenas anda unas docenas de metros y encuentra al primero, el mandril más joven, subido a un árbol y observando como las últimas luces tiñen de naranja las cimas cercanas.

— ¡A ver tú, Tarzan! ¿Bajas de ahí o prefieres cenar con las ardillas?

—Disculpa, jefe, no me daba cuenta de la hora. Estaba meditando un poco.

—Pues no sé yo qué habrás cavilado pero terminaras orangután de tanto colgarte de las ramas, o de iluminado. Baja de ahí y vete con las chicas que te necesitan para preparar la cena. ¿Dónde anda el jipi?

—Un poco más abajo; entre esas peñas me parece. Sigue el rastro de los porros.

Más y más caldeado nuestro gerifalte expedicionario baja arrollo abajo mirando roca por roca hasta que en un recodo se encuentra al último jipi sobre la tierra subido a una peña y sentado a la manera hindú.

—Pero, bueno, tú, pellejo, ¿nos vas a tener todos esperando por ti para empezar a cenar? ¡Baja de ahí inmediatamente! ¿No te da hambre eso que fumas? Anda baja, no me empieces a preocupar.

— ¡Ay! (suspiro) ¡déjame! Que estoy llegando al nirvana

—Donde vas a llegar hoy es al centro de la tierra como te suelte una buena hostia. Y le agarra por una pierna y lo tira abajo. ¿Tú eres de alguna secta rara o algo así? ¿Qué te estas tomando?

—Solo soy de la Nueva Hermandad Cósmica Reformada. Me están guiando al Hogar Cósmico.

— ¿Y está reformado? Porque yo les cambio la instalación eléctrica a muy buen precio.

— ¡Ay! ¡No sé! Ya vienen, ya vienen; nos llevaran a todos

—A mí por los cojones me van a llevar; ¡buen viaje! Hoy cenas con los osos. Ya subirás cuando tengas hambre.

—No te vayas, ¡no te vayaaaas! ¡Ya vienen! ¡Ya vieneeeen!

—Pues que te secuestren bien secuestrao y ten den por saco, por pirao; que yo tengo hambre.

Y ahí se las pira el jefe superior supremo bufando y resoplando cual búfalo endemoniado de vuelta al campamento. (¡Como no estén bien hechas las chuletas me van a oír en Roma!)

Ya es noche cerrada en el campamento pirenaico y todos los componentes se reúnen en círculo alrededor de una gran pota donde se encuentra ardiendo una estupenda queimada. Suena por unos altavoces un disco de Carlos Santana y todos charlan alumbrados por las llamas del ardiente orujo.

—Bueno, ¿qué? ¿Apagamos ya? ¿O nos pasaremos la noche danzando?

—Entonces pon un disco de jotas; que tú solo sabes brincar. Venga, tapar ya la queimada y den comienzos los festejos en honor a Nuestra Señora de las Nieves.

—Anda la osa, ¡ahora nos ha salido beato el jefe!

—Callar incultos que voy a proceder a escanciar esta preciada colación. Felipe, deja de sobar a la pelirroja, coge una linterna y vete a buscar al jipi; no se nos haya despeñao.

—Yo haré el conjuro, dice la rubia platino.

—Ni hablar, eso es cosa de hombres no de brujas. Pepe, haz los honores. Y dilo bien.

Al rato ya están todos desparramos por entre las tiendas; algunas parejas bailando, otros escuchando un millar de chistes guarros y soltando risotadas; cuando, de improviso, escuchan un grito:

— ¡Vosotros, caimanes, venir a ayudarme! Que ya no puedo con él. Es Felipe que viene con el jipi colgado de un hombro y trastabillando.

— ¿Pero qué le pasa a este? Está hecho polvo

—Cómo no va a estarlo. Solo a él se le ocurre bañarse en pelotas, a oscuras, en el arroyo. Y como el agua baja helada, le ha dao un síncope.

—Tranquilo que ahora le reanimamos. Tú, reina, ¿podrías acercarnos un pocillo de queimada?

—Gracias, Tata. Me costó dios y ayuda vestirle. Está ido del todo y encima no escuchabais mis voces con esa música tan alta.

—Estamos de celebración mariana. Y a éste mejor le iría dejarse de tanta secta y tanta chorrada y volver a escuchar misa.

—Habló, Pilatos. A este chaval vamos a tener que llevarle a un hospital.

De improviso una extraña luz de color rojo pasa silenciosa sobre el valle pirenaico y el jipi, como súbitamente resucitado, comienza a exclamar:

— ¡Ya vieneeeeen! ¡Ya vieneeeen!

Todos se ponen de repente a dar fuertes gritos y hacer señales con sus linternas. Nuestros birlochas majaderos no paran de agitarse y vocear hasta que la potente luz rojiza y radiante desaparece de su vista. Es entonces el mandril en jefe el primero en reaccionar exclamando:

– ¡Muchachos! Esto ha sido una aparición en toda regla. ¡Gran celebración mariana!

Y todos se lanzan como lobos para llenar sus pocillos en la aún caliente queimada.

–El que no quiera emborracharse que marche a dormir a la cuarta curva. ¡Auuuu…! (¿Quién dice que no hay lobos en los Pirineos? ¡Y lobas!)

A la mañana siguiente, con las primeras luces del alba, un land rover de los guardas del Parque Nacional sube con todos los focos encendidos por la pista forestal hacia los altos pinares cuando, tras una de las curvas, divisan unas coloristas tiendas de montaña que han acampado de extranjis, y hacia ellas se dirigen.

No han llegado aún a la primera de las tiendas cuando casi atropellan a un melenudo medio desnudo y tendido en el suelo boca arriba. Detienen el vehículo y bajan del coche extrañados; mirándose el uno al otro.

Cuando se aproximan al tumbao, éste, levantando la cabeza, abre los ojos y se queda mirando los focos que le iluminan constantemente y, de repente, comienza a gritar:

– ¡Ya están aquí! ¡Ya han llegado! ¡Nos llevaran a todos!

Efectiviguonder. Esa misma mañana estaban todos detenidos en la comisaría de Huesca y siendo estupendamente retratados de frente y de perfil.

Adenda

¡Qué pena de último campamento pirenaico! ¿Por qué tuvo que terminar tan rápido?

Si os interesa el montañismo, la escalada, el senderismo, o cualquiera otra actividad de deportes de montaña os aconsejo federaros en la federación más cercana que tengáis antes de salir a cualquier actividad. Yo soy montañero federado desde 1976.

INICIATIVA LAFFERTYANA

Ya estoy en conexión con la Primera Iniciativa Laffertyana. Atentos, seguidores, atento el grupo; darle al me gusta inmediatamente. Quiero ver ese pulgar arriba ya mismo.

¿Queréis colaborar con Aloysius Shiplap y Gregory Smirnov en su desesperada búsqueda de la verdad? ¿Estáis al tanto de lo que se cuece en las altas esferas?

Dirigen la Expedición Pactra 2012 que está recorriendo en estos días el National Park of Tanjung Puting, en Indonesia. Un equipo con las mentes más preclaras y mejor informadas de este planeta está a punto de dar a conocer al mundo quienes son y donde están Los Iluminati. Esos seres ignorados y poderosos que dirigen el planeta, y que con sus decisiones marcan nuestro futuro. Es el resultado de una larga búsqueda de muchos años.

Recuerden como son actualmente. Lo mejor es hacerse una foto; puede ser importante. Y colgarla en vuestro muro.

Nada permanecerá igual cuando Aloysius y Gregory comiencen su rueda de prensa.

Solamente en Facebook. Cuélgalo en tu muro.

Atención: primer reporte. Totalmente en directo.

Efectivamente: Iluminati encontrados y perfectamente retratados. No han ofrecido resistencia. Al parecer son pacíficos y luminosos. Lustrosos diría yo. Interviú in extremis en pocos minutos. Estar al loro.

Su mensaje es bastante complejo. Traduzco directamente de lo que comparte Aloysius.

Suena algo así como que deberíamos dejar tanta disputa estéril y comenzar a prepararnos para lo que se nos viene encima. El mensaje de los Iluminati auténticos a toda la humanidad.

Aconsejan que realicemos esfuerzos inmensos para estudiar y asimilar Historia humana, natural y galáctica, Teatro, Geometría y análisis matemáticos complejos, manuales y mecánicos. Hacer mucha, pero que mucha gimnasia. Cursos avanzados de ingenio y lógica.

Degustación alcohólica empezando por las catas más básicas. Misticismo complejo. Oratoria simple. Ejercicios en el trapecio (carecemos de equilibrio interior) Química inorgánica y electrónica avanzada. Disección humana avanzada (no sabemos cómo somos) y aprender perfectamente a escribir y sostener simultáneamente Tesis, Síntesis y Antítesis, de cualquier tema que se nos ocurra.

O nos ponemos ya mismo a trabajar o estamos perdidos sin remedio.

No entiendo otras cosas que dicen. Utilizan un lenguaje muy complejo y estructurado.

Gracias, Gregory por tu ayuda.

Ultimo mensaje recibido desde un lugar recóndito en las selvas de Indonesia. Directamente de los auténticos Iluminati.

Si trabajamos duro y nos esforzamos en la dirección que nos han señalado (Ya no es secreta) en pocos años estaremos en condiciones de ser capaces de llevar a cabo nuestras propias Construcciones Históricas Activas (adiós a los nacionalismos; cada uno podrá montarse su propio estado, nación, tribu, lo que sea, y con raíces históricas que lleguen hasta los australopitecos) Fabricación de vehículos ultra lumínicos (reconocen que nos gusta viajar) Dilucidaciones panfilosóficas y terraformación de planetas viables para nuestro modo de vida altamente consumista. Introducción al estado de santidad simple.

Humor carismático y lógica pentacósmica. Economía hipogiroscópica (todas las monedas giraran y giraran y se quedaran como están) Penentaglosia (ser capaces de hablar 50 lenguas como mínimo, mas sus dialectos asociados y su deconstrucción semiótica para transmisiones telemáticas) Construcción de sociedades complejas y pacíficas (eso calculan que nos puede llevar unos 5.000 años, escasamente) Gobierno mundial adaptado personalmente (Algo así como ser el gobernante del mundo rotatoria y continuamente para que sepamos lo que es tener preocupaciones irresolubles)

Finalmente, señalan, tras haber fracasado personal y comunitariamente una y mil veces llegaremos a ser cada uno de nosotros un genio complejo y un santo simple.

Tal y como son ellos actualmente.

Fin de la transmisión.

Fin

Un pequeño y sencillo cuento dedicado al gran escritor estadounidense Raphael Aloysius Lafferty.

MANIOBRAS ORQUESTALES EN EL MONTE ARAGÓN

(Esto va de la guerra; advierto)

Gracias a que con mi sueldo he podido comprarme un computador puedo haceros llegar otro cuento fantástico que he terminado de escribir. De temática castrense y situado en el Geino Numeral del simpático guey cazador.

Como siempre indico: cualquier parecido con la realidad será una completa serendípia, casualidad entre infinidad de casualidades.

El afán es ilustrativo-cómico-festivo, que estamos en verano, con la caló; y la vida está mu achuchá.

Si consigo alguna sonrisa en el respetable lector me doy por más que satisfecho.

Y sin más preámbulos, ahí os va el cuento.
Disfrutarlo.

De madrugada llega un largo tren a una pequeña estación manchega y es estacionado a la par de otros trenes similares. Son trenes militares; compuestos por coches de viajeros, repletos de soldados, y vagones destapados en los cuales han sido transportados vehículos de transporte, cañones, carros de combate, y todo tipo de material de guerra.

Durante horas el movimiento será intenso con el descargue de personas y materiales bélicos. Poco a poco la estación va quedando despejada según los convoyes van partiendo hacia La Mancha. No, no es el Sáhara, pues las arenas son blancas; los escasos pinares que había por los montes han ardido casi todos en los meses anteriores. El sol luce implacable sin que una sola nube aparezca por el firmamento cuando los convoyes militares rugen espantando a las lagartijas por las cañadas manchegas (Es una vuelta de reconocimiento para ir entrando en sazón; ¡hay que quemar gasolina! ¡Cómo rugen los tanques entre los viñedos! ¡Qué estampa telúrica: los cañones bajo los molinos de viento!) Y al fin, llegamos, tras ocho horas de viaje, a los resecos valles del Monte Aragón.

Los helicópteros sobrevuelan la zona recogiendo datos en tiempo real y transmitiéndolos al Centro Nacional de Seguridad Nacional del Geino. Los equipos de transmisiones operan a toda potencia, aviones espías, comunicaciones por satélite, los paracas ya llegaron hace horas asegurando la posición, los aviones mirage dan pasada tras pasada asustando a los pueblerinos y sus cabras. Valle tras valle se van estacionando las diferentes agrupaciones que forman la división patriótica motorizable y demás cuerpos auxiliares que han venido en su ayuda.

La tarde veraniega, con sus últimas luces, permite a los soldaditos montar docenas y centenares de tiendas de campaña en los rincones más insospechados; y, lo más importante, cenar adecuadamente.

Toque de retreta y lectura de las últimas disposiciones generales: ¡Felicitaciones, muchachos! Ha sido contenido el avance enemigo con nuestro despliegue incontenible y podemos irnos a sobar. Mañana os vais a enterar.

La primera claridad del alba es recibida en los campamentos al toque de corneta. Pronto comienzan las voces y los primeros espasmos musculares.

¡Comienzan las maniobras!

Dejemos a un lado la febril actividad del Puesto de Mando, olvidemos por un tiempo a los oficiales y suboficiales, tan campechanos como sabemos, y la tropa, que se afana en sus labores (O sea, limpiarles las botas y arreglarles las tiendas a los anteriormente nombrados) y busquemos a los auténticos protagonistas de esta epopeya inmortal, de esta barbarie humana, ¡el pelotón de comunicaciones!

Cargados como burros podemos verles subir y bajar montes y lomas escondiendo en la arena el tendido genefónico. La defensa de la patria pende sobre sus chepas y depende de sus empalmes.

— ¡Cabo genefónico, cabo genefónico! ¿Cinco minutos de descanso?

— ¡Callad, borricos godedores! Y seguir tirando cables. Como nos vea parar el sargento iremos todos a descansar a un castillo lo que nos quede de vida. ¡Seguimos adelante!

61

Mas montes, más arena, más calor; avispas y alacranes son los únicos seres vivos que encuentran en su avance. Pinares resecos, abrasados, churruscados; más dunas. Calor.

—Esto parece Venus ¿una cervecita mi cabo? Acaban de traernos los bocatas.

—Hace; pero escondidos entre los chaparrales.

A medio día llegan nuestros héroes inagotables hasta el Puesto de Mando de la brigada arrastrando cables y haciendo empalmes.

— ¡Premio para mis ardorosos guerreros! Comeréis el mismo rancho que los oficiales. ¡Cómo os cuida vuestro sargento! Sois mis angelotes.

—Esto sí que es un sargento rumboso, rumbero, y poderoso; agradecidos y a sus órdenes.

—Eso sí; después del manduque os quedáis en la cocina y limpiáis todos los cacharros; que andan faltos de gente

— ¿Y que más ordena su santidad marcial y guerrera?

— ¿Qué más? A sí, casi se me olvidaba, cargáis con otros cinco kilómetros de cable y me tiráis otro tendido siguiendo este plano. Que os aproveche.

Esa noche nuestros muchachos acarreadores se van todo lo rápido que pueden a sus guaridas (quiero decir tiendas de campaña) apenas el sol se pone. Duermen como troncos y roncan como serruchos hasta que el infame turuta osa (¡sí!, osa) arrancarles de sus ensueños favoritos con su estruendoso toque de corneta. Aparece el sargento.

— ¡Atender, cencerros! Hoy toca maniobras de compañía. Os proporcionaran unos bocadillos muy livianos y digestivos y me llenáis las cantimploras. No quiero ver a nadie boqueando a media mañana.

—O sea, que nos toca supervivencia en la montaña

—Correcto, marica. El enemigo (los boinas verdes) os putearan de lo lindo y a todas horas. A sí que os quiero despiertos y activos

— ¡Guau! Supervivencia, camuflaje, ¡como los indios!

— ¿Cómo los indios? ¿Americanos? Maricones todos. Me vais reptando desde aquí hasta el quinto pino y de regreso. Ya veréis que camuflados empezáis el día. ¡Cuerpo a tierra! ¡Me repten! ¡Ar!.

El día transcurre plácido en las montañas lunares del Monte Aragón. La infantería pinrelera y los guerrilleros pasaran horas jugando al gato y el ratón.

— ¡Pum! Disparo a bocajarro

— ¡Goder, tío! ¡Que me has matao!

—De eso va la movida. Ni me vistes llegar; estaba bajo tierra. Ahora te pones la señal de muerto y circula. ¡No hay quien pueda con los guerrilleros!

— ¡Que me has godido, cabrón! Me has pegao el tiro en toda la cara.

—Pero si son balas de fogueo. ¡No matan a nadie! Se enfada porque le he chamuscado un poco la cara. ¡Blandengues!

— ¡Mira tú el sabiondo de la gorrina! Y esta culata es de goma (¡Pommm! El cetme en todas las napias y tío al suelo KO total)

— ¡Hay pelea, hay pelea! Gritan los pedruscos y matorrales.

De los arbustos, de los pinos, de las arenas, de todas partes, surgen musculosos guerrilleros con el machete entre los dientes; pero, ¡ay amigo!, se enfrentan al mejor pelotón de fusileros que el mundo ha conocido: ¡los genefonistas!

Media hora más tarde las ambulancias militares recogen los restos de la batalla mientras el polvo recubre la sangre derramada por nuestro honor militar y patrio (y por nuestros cogones). Esa noche, en la retreta, su sargento favorito, henchido el pecho de satisfacción castrense les encomia y realza el sacrificio en defensa de su banderín cuartelero.

– ¡Soldados! Gilipichis. Esta noche os la pasareis de guardia. Esto viene a cuento por dejar que cuatro guerrillas puteros pudieran marcharse por sus propios pies y no en ambulancia como los otros. El capitán está que trina y no pagaré yo los platos rotos (Estaba comiendo a esas horas en un restaurante de Albacete con sus compinches. ¡Perdón! Compañeros caballeros suboficiales) ¡Y como pille a uno sobando me lo emplumo! Recoger las armas y a vuestras posiciones.

Noche estrellada y prodigiosa, noche calurosa, mirando la luna pasar sobre nuestras cabezas y escuchando el ulular de las lechuzas o el rumor del viento agitando las agujas de los pinos. Noche de paz; noche de guardia. (¡Dios, que sueño! ¿Qué hacemos aquí? ¿De dónde somos? ¿De dónde venimos? ¿A dónde vamos? Bueno, las bobadas de siempre)

Quinto levanta, tira de la manta, quinto levanta…

Asola de nuevo el turuta nuestros refinados oídos apenas el día despunta y la noche se aclara.

– Alegrar esa cara, muchachos. Hoy toca: ¡Maniobras de batallón! Venga, mis gusanitos, en posición,

¡reptar! ¡Reptar! Así, así me gusta a mí veros; menear el culito. ¿Quién quiere a sus niños?

— ¡El sargento!

— ¿Quién va a llevarles a un sitio de privilegio para contemplar las maniobras?

— ¡El sargento!

— ¿Quién va a montar a estos mariquitas en un gran licotero?

— ¿El sargento? ¡¡Hurra!! ¡Como en Apocalipsis Now!

Reptar, gusanitos, reptar, que no sabéis lo que hoy os espera.

¡Tuc, tuc, tuc! o algo así es como suenan las palas del licotero; pero lo que nos resulta irreproducible es el sonido de las tripas humanas con los constantes cambios de presión que se producen en el vehículo aéreo. Un sube y baja constante y tremendo. Cuando el aparato se aproxima al fin a un claro del monte el sargento comienza a gritar de nuevo:

— ¡Saltando! ¡En círculo! ¡Asegurar la posición! Etc., etc. Saltan y corren los chavales como gamuzas para alejarse de las palas del licotero.

Apenas el pájaro ha volado reúne a sus muchachos en una zona de altos pinos que, milagrosamente suponemos, se han librado de los últimos incendios.

—Pelotón; procedan a colocarse las máscaras antigás tal y como les he enseñado y tanto han practicado.

— ¿Alerta química, mi sargento?

— ¿Bacteriológica?

— ¿Radioactiva?

—Todo eso y más. Aquí el que no se ha cagao ha devuelto y no hay quien soporte el tufo que echáis. Todos con la careta ya mismo y me vais subiendo a esos pinos para establecer un puesto objetivo de observación militar; camuflado por supuesto.

— ¡Pero si no hay más árboles en cien kilómetros a la redonda! ¿Ahí subidos?

— ¿Y qué sabe el enemigo? Nos acecha con saña y vosotros tenéis que descubrirlos

— ¿Y cómo nos subimos a lo alto?

— ¿Mi cabo escalador-genefonista?

— ¡A sus órdenes, mi sargento!

—Vete sacando las cuerdas y mosquetones de esas sacas y me los vas subiendo a los pinos que yo te vaya diciendo. Pondremos un monito aullador en cada uno. (Esperemos que no salten de rama en rama)

—A sus órdenes, mi sargento. ¿Puedo quitarme la máscara para escalar?

— ¡Por los cojones te la vas a quitar! Si se la pone tu sargento se la pone todo dios. Venga, que no tenemos todo el día y el enemigo avanza por esas cañadas cercanas.

Así se pasaran el día, colgados como macacos, con sus aparatos de radio-telefonía y atentos a la jugada. O sea, a no caerse. Asegurados.

Llega la noche, ya están de vuelta los alegres comunicadores; retreta y saludos de su sargento. ¡A las tiendas, gansos, que mañana tendréis tarea de veras! Ya está bien de hacer el vago. Conmigo, terminareis la mili como unos auténticos hombres de pelo en pecho. ¡Imberbes! A la piltra mis hombres nato

(Es que ya éramos de la NEITO)

¡Tararí! Ya está otra vez el turuta con la corneta despertando a nuestros chotacabras.

—Preparaos, panolis: ¡Hoy toca maniobras de regimiento! En este día sí que os proporcionaré goce y placer intensos. Ir preparando los equipos.

— ¿Hoy no empezamos reptando como siempre, mi sargento?

—Que dios os libre como os vea el coronel (¡Petete!) con alguna mancha en el traje de faena. Hoy os quiero impolutos y saludables.

Hoy va a ser un buen día, sí. Les tocará subir y bajar montes, desplegarse, reagruparse, combatirse, atacarse, replegarse; en fin, divertirse, que para eso les mandan sus padres al ejército. Las ocho compañías de fusileros peliculeros bullen de actividad hasta la caída de la tarde. Orden y contraorden. Refriegas por los bancales, errores mayúsculos; ataques relámpago se suceden hora tras hora.

En esto que un BMR pincha una rueda al pasar por un barranco y el coronel brama por las radios del regimiento.

— ¿Cómo es eso que ha pinchado un BMR? ¿Pero si llevan ruedas impinchables?

—Pues ha pinchado y se ha atollado al cruzar un arroyo, mi coronel. Contesta con voz de pipiolo el alférez universitario al mando del vehículo por la radio.

—Pues ya lo estáis sacando ahora mismo.

—Hará falta un gran helicóptero de transporte para sacarlo por el aire, mi coronel. El lugar donde estamos es inaccesible.

— ¿Un Chinook? ¿Pero tú donde te crees que estás haciendo la mili, pardal? ¿En los marines americanos? Me lo sacáis a pico y pala, con cuerdas, o como os salga de los cogones; pero a la hora de la cena quiero ese vehículo delante de mi puesto de mando para evaluar personalmente los daños causados.

Ya, ya sabemos lo que nos queda a toda la compañía; tracción animal de la mejor escuela de nuestra gloriosa infantería.

Exhaustos escuchan esa noche la retreta y cogen carrera para irse a la piltra a toda pastilla. Pero apenas alguno ha tenido tiempo de meterse en la tienda de campaña comienzan a oírse unos alaridos espantosos resonando por todo el valle.

— ¡Mi cabo, mi cabo! ¿Está acostado el aspirino?

—Sí, ya estamos en el sobre. ¿Quién es el majara que está aullando a estas horas?

—Es nuestro teniente genefónico; que al meterse en el saco no vio un alacrán que había dentro y le ha picado en los güevos. ¡Que vengáis corriendo! ¡Que se nos muere!

—Vale, turuta, ya vamos. No, si todavía nos van a dar la noche con tanta pijada ¡un alacrán! Pero si son pequeñines. Eso no mata a nadie.

Segundos escasos más tarde ya tenemos al cabo genefónico y al aspirino (un estudiante de tercero de farmacia, ¡Señor, señor! ¿Por qué no pediría otra prorroga?) Haciendo una gran intervención terapéutica. Entre cabo y turuta sujetan como pueden al teniente mientras el farmacéutico intenta inyectarle algún calmante de los que lleva en el zurrón. Algún alivio consigue pues el teniente, al poco rato, baja el volumen de sus alaridos y deja de dar patadas a todo lo se le pone a tiro. Al fin cae desplomado.

Afortunadamente, aparece enseguida el capitán brioso con un jeep y su conductor mayestático (es lo que corresponde a un capitán mayúsculo) y se llevan al infortunado teniente al hospital más cercano

— ¡Sargento!

— ¡Sí, señor!

—Queda usted al mando de la sección. Que no se desmanden en mi ausencia que mañana tendremos jaleo del bueno.

— ¡Sus órdenes, mi capitán! (Taconazo tremendo) Redoblaré la guardia por causa del enemigo tremendo que tenemos a las puertas de hundir nuestra grandiosa civilización y procuraré que los muchachos estén espabilados. (O sea, el doble de chavales incautos pasando la noche en vela, vigilando a los peligrosos alacranes que se deslizan bajo sus piernas. ¡Qué sin vivir! Esos monstruos venenosos caminando bajo mis pies; y el sargento a la caza de incautos)

—Escucha, aspirino (serán como las tres de la mañana) ¿Tú viste como tenía los güevos el teniente? Parecían cocos recién caídos de un cocotero. Ese no camina en un mes.

—Con la inyección que le he puesto bajará la hinchazón en pocas horas.

— ¿Qué le inyectaste?

—Urbason militar ©, cincuenta miligramos en vena. Vivirá.

— ¡Cojonudo! Pasado mañana lo tenemos otra vez encima de nuestro cogotes. (Es el sargento pistolero que no puede pegar ojo, ¡putos bichos! Y está de ronda en botas y calzoncillos) Vas a estar poniendo inyecciones a todos los culitos maricas del regimiento hasta que te licencies. Me encargaré personalmente de que no tengas una tarde libre.

− ¡A sus órdenes, mi sargento! Pero es que mi misión…

−¡¡¡Tu misión es servir a tu sargento y salvar tu culo todavía inmaculado!!! Con estas cabezas humanas no llegaremos a viejos. Salvarme al teniente; salvarme al teniente... ¡este chivo va a hacer más cocinas!

Otra noche mirando a las estrellas y vigilando que no te pique un alacrán. Noches guerreras en el geino numeral.

¡Tararííí! Bueno, como suene, el caso es que hoy tendremos un día guapo y entretenido.

− ¡Pelotón! Hoy quiero que estéis a tope; al cien por ciento. Hoy tenemos: ¡Maniobras de brigada! Enseñaremos a esos chivos del primer regimiento lo que es auténtico ardor guerrero. Hoy estaréis a las órdenes directas del teniente comandante. El capitán estará en el Puesto de Mando vigilando vuestra actuación. Yo me encargaré de que deis el do de pecho.

Por ahí cerca llega nuestro teniente comandante relinchando como un pura sangre. La gorra militar con la visera perfectamente deshilachada, un bigote a lo Salvador Dalí, la camisa vieja y raída, sin botones, enseñando el pecholata, para recordarnos su pasado legionario (¿hoy no se ha traído el paracaídas? Milagro) un pistolón, reglamentario por supuesto, al cinto (es único oficial de la división que carga con un hierro semejante) y fumando camel sin filtro antes de desayunar (¡esto sí que es un macho auténtico!) y las botas con las suelas ya bien gastadas de tanto patear los culos de sus soldados.

− ¡Compañía! ¡¡Fir-es!! (Purrummmm. Taconazo mayúsculo; temblando todos como velas y alguno ya se habrá hecho pi-pi.) Hoy, hoy, vamos a ser los mejores, les vamos a superar en todo, les vamos a pasar por encima y mear en el cogote a esos maricones del primer regimiento. Es verdad, es verdad, que nos barrieron del mapa en el Maestrazgo, debido a su superior tecnología telemática; pero, hoy, hoy, ¡¡es el día de la venganza!! Cantaran los trovadores durante siglos nuestras hazañas. Hoy, ¡correrán ríos de sangre en el Monte Aragón!

— ¡Guau! Entonces tendremos marcha auténtica y enrollada. Se le escapa a un insignificante soldado de la última fila.

—Exacto, porretas, hoy haréis una marcha de las buenas. Ir por vuestros equipos. Rompan filas.

Y sí, efectivamente, caminaran y caminaran, durante horas y horas caminaran y seguirán caminando; hasta salirse del mapamundi. En esto que, al traspasar una loma, el cabo genefónico para y se queda mirando a lo lejos.

—Mi teniente comandante, ¿Puedo hacerle una pregunta?

—Inquiera, joven cabo, inquiera.

— ¿Aquello que vemos a lo lejos no será por un casual la ciudad de Murcia? ¿Y la línea azul del fondo el mar?

—Dame un segundo el radioteléfono que consulto con el Puesto de Mando.

Efectúa varias llamadas, consulta planos y mapas, reúne a los oficiales, suboficiales y cabos chusqueros, mira y remira con sus catalejos militares la ciudad lejana; da media vuelta y se acerca al cabo genefónico.

— ¡Un pequeño despiste! Tendíamos que estar viendo Jumilla. Pasaríamos de largo y no la encontramos. ¡Otro error de telematía!

71

– ¿De telepatía, mi teniente?

–De telematía, ignorante. ¿Qué sabrás tú de los engendros inmensamente telemáticos que nosotros utilizamos secretamente? Es top secret. (¡Ya, pero teníamos que estar atacando Jumilla!)

Venga, venga, no enfadarse; ya solo queda esperar tumbados en los arcenes de la carretera comarcal a que vengan los camiones militares para llevar a nuestros soldaditos de vuelta al campamento.

Cena y retreta. Charleta del teniente comandante: Un día tranquilo y descansado el que hemos tenido. ¿Cuánto andaríamos? ¿50, 60 kilómetros? Eso que es para nosotros. Si hubiéramos salido un par de horas antes hubiéramos llegado hasta el cuartel de los paracas y os habría enseñado a saltar. Mañana sí que tendremos acción de la buena; así que todos a la piltra ya mismito. A ronronear chivitos.

Último día de maniobras orquestales. La corneta sonará triunfal y gloriosa; el desayuno será espléndido. El brioso capitán se muestra jovial y esplendoroso.

– ¡Soldados! ¡Hoy es el gran día! ¡¡Maniobras de división!! ¡A camuflarse! ¡Os quiero a todos camuflados!

Ya estamos todos vibrando de los pies a la cabeza de tanta emoción incontenible, ya estamos exultantes; rebosantes de ardor guerrero. Las pulsaciones a 150. Sin freno está nuestro corazón guerrero.

En minutos toda la compañía carga sus cachivaches y armamento en los camiones y jeeps partiendo triunfales hacia los lejanos valles del Monte Aragón. En una hora están desplegados por los pinares. Altivos, brutales, nuestros soldados, los defensores de la patria; en fin los numerales.

Y llega la orden de avanzar. El enemigo se tiene que acogonar directamente con solo oírles resoplar. Suben y bajan montes y montañas, atraviesan arroyos y reptan por los bancales. Al fin tienen a la vista el gran valle donde tendrá lugar la batalla final.

Enemigo a la vista, ¡avanzar! ¡Avanzar!

Bajan al valle donde están terminando de instalar las piezas de artillería y pasan entre ellas enseñando los dientes a los pusilánimes de bomberos. Unos metros más adelante se encuentran en formación los carros de combate y se van colocando detrás de ellos.

¡Qué mogollón de movida! Miles de soldaditos bajando de las montañas para atravesar el valle y reconquistar la montaña. ¡Avanzar! ¡Avanzar!

— ¿Tú has visto que cañonazos tenemos?

—Esos mariquitas no sabían ni asegurarlos. Solo los ponen para las fotos. A mí me dan más miedo los tanques.

—Ya; y tenemos que andar detrás suyo con el tufo que sueltan. Estate muy atento, aspirino, que hoy aquí puede haber muertos.

—Y tú al loro con el capitán.

— ¡Pero si van haciéndose fotos! Aquí no pasa nada.

Y de repente: ¡¡¡CAPÚMMMMM!!!

Todo dios cuerpo a tierra; alguno entierra la cabeza en la arena del susto.

— ¿Qué ha sido eso, mi capitán?

—Los cabrones de artilleros; que dispararon sin avisar. ¡Quietos todos hasta que dejen de soltar pepinos!

¡¡Capúmmm!! ¡¡Capúmmm!! Casi media hora tirados panza arriba viendo como tiran pepinazos a la montaña de enfrente. Apenas termina el festival artillero nos quedan los fuegos artificiales.

Se ponen de nuevo en marcha tras los carros de combate y no han caminado trescientos metros y, ala, todos al suelo de nuevo. ¡¡Pumba!! ¡¡Pumba!! ¡¡Pumba!! Ahora son los tanques, los morteros, los cañones sin retroceso, todo lo que tenemos, zumbando la montaña enemiga. La tropa aúlla enloquecida entre los estampidos cercanos y más de uno sale corriendo en dirección contraria. Pero para eso están los sargentos a cola y de un mamporro hacerlos dar la vuelta. Y venga a correr.

¡Avanzar, perros, avanzar! ¡A la victoria!

Al llegar a los pies de la montaña los carros se detienen lanzando la descarga final hacia la cima.

– ¡Tercera compañía! ¡Los primeros! ¡Corriendo hasta la cima! ¡Nuestro banderín ondeará el primero! ¡Los pumas! ¡Los pumas! Grita el vibrante capitán; y salen todos zumbando montaña arriba gritando como locos.

– ¡Mi capitán, mi capitán! ¡Que paren, que paren!

– ¿Qué dice mi cabo? ¿Qué pare a mis pumas negros? Al que se frene le disparo.

– ¡Que dice el TeCo por la radio que todavía falta por tirar los aviones! ¡Qué llegan con retraso!

– ¿Pero es que vienen en tren? Tendrían que haber soltado los pepinos hace una hora. ¡Ahí llegan!

Y vemos aparecer dos medias docenas de flechas aéreas y una tras otra lanzan sus misiles en dirección nuestra.

El acogono es impresionante, el estrépito increíble, caen piedras por todas partes; arden los chaparrales. Más de uno y más de dos sacan el zapapico de la mochila y se pone a escavar a toda prisa un hoyo en el suelo ¡para meterse dentro! Tras el paso en instantes de las flechas aéreas queda media montaña ardiendo y peñascos cayendo por todas partes; pero, ¡Ay amigo!, sobre todo este estruendo, se escuchan las voces de oficiales y sargentos: ¡Correr! ¡Saltar mis pumas! ¡A la cima los primeros! Y van soltando patadas y leñazos a todo el que pillan a mano. ¡Los negros! ¡Los negros!

¡Sí, señor! Con dos cogones: en la cima los primeros.

A los demás soldaditos les quedará la tarea de apagar los fuegos y nosotros de cachondeo.

De vuelta al campamento la emoción contenida brevemente al recibir la felicitación del general se desborda como un torrente. (¡Quince días de permiso por llegar los primeros!) Hay gran trasiego de vino y cerveza, incluso para la tropa; y el sargento primero cocinillas y su pinche guipuchi preparan la mejor cena de campaña de la historia militar. Y tras la cena: ¡cubatas! Cubatas y más cubatas. ¡Hay que fundir el presupuesto! Para vosotros calimocho, escoria de chivos; que os tuvimos que subir a patadas. ¡Campeones, campeones, oe, oe, oe; campeones…!

Cerremos los ojos ante las animaladas que se producirán en este campamento militar cuando pasen de la sexta ronda de cubatas y solamente escuchemos las canciones marciales resonando en las montañas lunares. Poco a poco irán cayendo todos como sapos; tropa y oficiales. Pasaran ya de las dos de la mañana cuando el silencio reina en el valle.

Noche de luna llena, noche de cogorza tremenda. Ronquidos intensos por todas partes. ¡Al fin terminaron las maniobras! ¡Quince días de permiso nos concedió el general! ¿Cuándo volveré a ver a la Rosy? Cosas de este tipo sueñan estos infelices roncadores.

No saben lo que les espera.

¡Ñam, Ñam! ¡Ñam, Ñam! ¡Ñam, Ñam!

¿Qué ruido es ese? ¡Ñam, Ñam! Goder, el genéfono. ¿Quién será el tocagüevos que está haciendo putadas a estas horas? Le voy a meter un puro que se va a acordar de mí toda la mili. Va a saber ese cachorro quien es el cabo chungo.

—A ver ¿Quién se está ganando una patada en los cogones?

— ¿Cabo de transmisiones?

— ¡Sí! El mismo. El que te va a poner a limpiar letrinas en cuanto lleguemos al cuartel.

—Escucha chaval: despierta inmediatamente al corneta y que toque Alarma sin cesar.

— ¿Pero quién cogones eres tú para mandar tocar Alarma a estas horas? ¿Estás cogorza? cabrón del Puesto de Mando.

—¡¡¡Soy el cabrón de tu Teniente Coronel!!! Y nunca bebo estando en guerra. En media hora estaré en vuestro campamento y os quiero ver a todos formados y equipados. ¡Quiero escuchar ya mismo el toque de Alarma por este puto genéfono!

— ¡Sus órdenes, mi TeCo! Ya mismo.

—Pero tú, ¡para! ¿Qué pasa? Si no son las cinco de la mañana; ¿quién te daba esas voces?

—El mismísimo TeCo. Que despierte a toda la compañía a toque de Alarma. ¡Estamos en guerra!

– ¿Mundial? ¿Con los marcianos? Pero si están todos groguis. Se habrán bebido un camión de cubatas

–Ya lo echaran enseguida. Voy a despertar al turuta. ¡Verás tú el capitán! Le va a hacer una gracia…

¡Tom, tom; tom-tom, tom, tom, tom-tom! Suena ya en pocos minutos el toque de Alarma ¡Más fuerte! ¡A pleno pulmón! ¡¡Que viene el TeCo, turuta!!

El toque de Alarma va sonando in crescendo, el monótono sonido de guerra suena más y más alto, y poco a poco van asomando las cabezas de los soldados de sus tiendas alumbrando con sus linternas al corneta y el cabo genefónico, mirándoles como alucinados. ¿Qué pasa? ¿A qué estáis jugando?

– ¡Estamos en guerra! Despertar a los oficiales que yo me encargo del capitán. Rápido, ¡Qué viene el TeCo corriendo para acá!

El pobre cabo no tiene más remedio que informar sumariamente al cogonudo capitán y después ir extrayendo con él, uno por uno, a los sargentos, con saco y todo, de sus tiendas. ¡A éstos no hay corneta que los despierte! Habría que tirar bombas. ¡El aspirino! Rápido, que venga con su zurrón.

– ¿Qué pasa? ¿Qué ordena mi capitán?

–Que hagas ocho milagros rápidamente. ¡Tienes que resucitar a los sargentos! No me falles, aspirino. ¡Órdenes de tu capitán!

Con suma destreza el abrumado estudiante va inyectando cantidades masivas de complejo vitamínico militar B6© uno tras otro de los suboficiales; y aún tendrá que dar una segunda vuelta haciéndoles beber, uno por uno, una ampolla de complejo vitamínico militar B1-B6-

77

B12© antes de llegar a percibir alguna seña vital en los confiados durmientes.

— ¿Pero qué cogones?

— ¡Estamos en guerra, mi sargento primero! ¡En guerra!

— ¿Pero con quien cogones vamos a estar…?

— ¡Qué viene el TeCo!

— ¡Arggg! (Cristo bendito, ¡vaya potas empiezan a echar!)

Será milagro o no (me da igual lo que crea la gente o deje de creer) pero para cuando el TeCo acogonante aparece por el campamento con su comitiva nupcial (¡perdón! Militar) ya está toda la compañía perfectamente formada y equipada completamente.

— ¡Atención! ¡El Teniente Coronel! (¡¡TAC!! El taconazo ha debido oírse en Cartagena) todos tiesos como velas y presentando armas.

—Descansen. ¿Mis oficiales? ¡Todos al rabo mío!

Y se aleja hacia un rincón donde no pueda ser escuchado por suboficiales, chusqueros, tropa, y demás chusma presente

—Simplificando. (Su presencia es impresionante. El pelo blanco y cortado a cepillo, la gorra ¡americana! Luce dos estrellas magníficas ¿Qué digo dos estrellas? Son dos supernovas. Viste de impecable ropa de faena y sus botas podrían servir de espejos para afeitarse. Su voz de bajo siberiano atruena las orejas oficiales) He recibido hace una hora escasa un fax del Centro Nacional para la Seguridad Nacional del Estado Nacional asegurándome que el enemigo ha desembarcado esta misma noche en las costas marcianas. ¡Perdón!, nacionales. Media división está ya de camino a sus cuarteles y los vagos del primer batallón están todavía durmiendo la mona. Así que: ¡seremos los primeros en entrar en acción! ¡¡La gloria será nuestra!! Según mis cálculos entraremos en combate al caer la tarde (sus adláteres despliegan mapas y más mapas con las rutas marcadas que habrán de seguir las compañías)

—Pero, mi TeCo, con permiso ¿por qué tenemos que atravesar las montañas hasta la costa? Iríamos más rápido usando las carreteras.

—Eso espera el enemigo. Confía en mi olfato, hijo. ¡Caeremos a degüello sobre sus cuellos peludos! Mañana, cuando amanezca, no quedará un Charlie vivo. ¡Les tiraremos con todo! ¡Les pasaremos a cuchillo! (Joder, es un genio el tío. ¿Se nota mucho que hace menos de seis meses todavía estaba en Vietnam matando chinos? Es un auténtico corta cabezas. Estos sí que son cogones.) Llegaremos antes incluso que los godidos paracas y nos llevaremos toda la puta colección de medallas patrias. ¡Batallón! (¡Prouun!, taconazo marcial) En marcha; hoy haremos historia.

A la hora escasa el batallón avanza, impávido y terrible, como un solo guerrero gonádico con el cuchillo entre los dientes. (Bueno, eso no. Porque tienen que llevar puestas las caretas antigás debido al polvo que levantan los convoyes por las pistas forestales de las montañas lunares del Monte Aragón.

Los primeros rayos del sol naciente alumbran y se asustan ante el avance imparable de los camiones, los vehículos acorazados, y demás componentes del despliegue militar que se abate hacia la costa numeral.

En esto que nuestro cabo genefónico, con la radio entre las piernas, escucha una sorprendente conversación entre el TeCo y un misterioso vehículo aéreo.

— ¡Alto batallón! ¡Alto batallón! Frene su avance y espere órdenes inmediatas. ¡Alto batallón!

— ¿Pero quién es el mierda que me quiere dar a mí órdenes? ¡Identifícate, picha floja! ¡Yo soy el puto teniente coronel al mando de esta tropa!

—Y Yo soy tu GEMAD GEMAD.

— ¿Quién cogones?

—El GEMAD.

— ¿Güanito?

—El mismo. Páralo todo.

— ¡Atención, atención! rojo, verde, amarillo, y violeta pálido (Muy sufrido) ¡Parar la marcha inmediatamente! ¡Orden superior y directa! Frenar ahora y aquí mismo.

— ¿Qué pasa, que pasa, cabo?

—Mi capitán, orden directa y suprema. ¡Que paremos aquí mismo! ¡Ya!

— ¿Y quién le ha dado la orden de parar la guerra al fusilero mayor del gueino?

—Ha dicho que era el GEMAD GEMAD. Un tal Güanito.

— ¿Güanito? ¿El Rey Cazador? ¿Aquí? Esta va a ser gorda y yo no me lo pierdo. ¡Parar todos ya mismo! ¡Qué hostias le van a caer al TeCo! ¡¡Parar cogones!!

En cuestión de segundos el convoy se ha detenido interceptando por completo una estrecha carretera comarcal y se quedan todos mirando a un grupo de tres potentes helicópteros que pasan por encima de él y se posan en un descampado cercano. El capitán sale detrás del TeCo y el cabo tras su capitán. Se aproximan cautelosos a los aparatos aéreos y al abrirse los portones laterales ven descender de ellos a un grupo de gente vestida de fiesta con aspecto de estar pasándose de lo lindo. Uno de ellos, el más alto de todos, se dirige directamente a los militares que se cuadran al instante.

– ¡A sus órdenes, mi GEMAD!

–Descanse mi TeCo, descanse. ¿Qué día tan bonito hace hoy verdad? Dan ganas de pasear por el campo y tomar el aire. Te felicito; has preparado una bien gorda en cuestión de minutos. Sigues siendo uno de mis oficiales preferidos. ¡Vaya leñazos me soltabas en la Academia! Ha sido espectacular veros salir de las montañas en dirección a la costa. Estupendo. Los inversores han disfrutado de lo lindo.

–Señor, ¿puedo preguntar quién es toda esa gente y que hace aquí? Estamos en guerra.

–Unas amistades provechosas. Estábamos ayer cazando ciervos en una finca cercana y nos aburríamos soberanamente. Y nunca mejor dicho. Así que anoche, entre copa y copa, se me ocurrió algo para que mis invitados, son casi todos extranjeros, pudieran ver acción autentica. Que vean cómo se las gastan y defienden mis chicos numerales.

– ¿Numerales?

–Has estado mucho tiempo en el Extremo Oriente y has perdido algo de perspectiva. Ahora somos todos numerales. Yo soy el primero y después venís todos los demás. Pregunté al Centro (Ya sabes) y me dijeron que tú estabas de maniobras. Así que pensé: ¿quién mejor para liarla parda? Anda, regresa al cuartel con mis felicitaciones. ¡Ah! Y dales a todos, oficiales incluidos, una semana de permiso para que tengan un buen recuerdo de mí.

(¡Una semana más de permiso! Unidos a los quince días que nos prometió el general, y los quince de verano. ¡Cuarenta días sin tener que vestir de romano!)

Los helicópteros remontan el vuelo antes sus llorosos ojos iluminados de intensa satisfacción patriótica y los convoyes reciben de inmediato la orden de regresar a los campamentos y recoger sus cosas. Mañana estarán de nuevo en su cuartel y al día siguiente de permiso. Todos de vuelta a casa, con sus familias y amigos.

¿Todos? Bueno, a fuer de ser sinceros todos no.

Al pelotón genefónico y su afamado sargento y el teniente telemático aún les quedará una semana por delante de recoger los cables que se habían enterrado por los montes.

Con lo caro que esta el cobre como para dejarlo por ahí tirado.

(Esta sería la mejor semana de maniobras que pasarían durante todo su servicio militar; hubo toros, vaquillas y buenas mozas de pueblo. Pero bueno, eso ya es otra historia)

Fin

Este pequeño cuento es un sentido homenaje al estupendo escritor estadounidense Harry Harrison, Gran Maestro de la Ciencia Ficción, y a su estupenda novela Bill, Héroe Galáctico.

NOCHE EN LA ESTACIÓN DEL NORTE

Cuento fantástico y ferroviario

Es una noche cualquiera, un verano de los de antaño, en una olvidada y semidesértica ciudad de un reino olvidado. Y dilapidado.

Cercana al centro capitalino y al otro lado del río se encontraba su paleolítica estación ferroviaria. Hagamos memoria.

No hace mucho callaron las últimas locomotoras de vapor y su runrún característico, sus inmensas volutas de humo; y el silbato, que sonaba a sirena de barco trasatlántico. Pero, acerquémonos, miremos más de cerca. Así podrán asistir conmigo a una serie de sucesivas catástrofes y calamidades humanas; metafóricamente hablando.

Apenas pasan unos minutos de las diez de la noche, el sol ya se ha puesto, pero el calor no cesa; es una tarde de verano. Vamos a ver desfilar el turno nocturno que ya anda de ronda por los andenes.

Sale la pareja de policías armados del infame cubil donde les mantienen condenados noche tras noche, pared con pared de los urinarios, ajustándose bien las pistolas (Entre las sombras nocturnas horrores insospechados aguardan a los inconscientes pasajeros ferroviarios; pero no hay nada que temer, estamos bien guardados)

—Estos nuevos pantalones que nos han dao tienen el tiro tan alto que por el precio que nos han cobrao nos podrían haber cambiao los güevos por ovarios.

— ¡Uy, corazón! Tú no notarias la diferencia. Nadie sabe para qué cargas con ese pistolón tan gordo; ¡cómo no sea para visitar constantemente el urinario!

—Por el que tengo al lao. Y un día de estos se la puedo meter a un marica como tú por las orejas y ya no vuelve a visitar el otorrino.

— ¡Respeta a tu cabo, eh! Respeta los galones y continuemos la ronda.

Pero, bueno, bueno, dejemos a este par de gorilas simplicísimos y busquemos a otros monos; de los que se rescuelgan de las vigas de la marquesina ferroviaria. Pasamos por delante de un pequeño almacén donde tan solo se escucha una especie de sonido metálico, un cuarteto de martillos y xilofón, que sale del cuarto de los visitadores; ¿cantan? ¿Es un coro angélico? ¿Hacen gárgaras?

Continuemos adelante mientras estos gansos se cambian de ropa. Aquí ya encontramos algo gordo: El gran edificio de correos urbanos, suburbanos, e internacionales.

¡Ahí tenemos a nuestra brigadilla de carteros tirando las sacas! Eso es currar. De las carretillas a la estafeta, de aquí al primer piso, y por las ventanas salen volando directamente a la cabeza de los conductores de los camiones que las apalean al interior de remolque.

¡Esta va con rosca! Grita un carterista desde una ventana y le atiza directamente en el coco a uno de los conductores que se desploma.

—Toma ya, matasellao y encalomao, directamente para la central.

– ¿Pero tú que haces, criminal, que podías haberle matado?

—Pues llama a una ambulancia y despeja pronto el patio que atufáis el ambiente con los camiones. ¡Pa la central echando leches!

– ¿Qué pasa? ¡Eh!, ¿qué pasa? Grita otro cartero veterano asomando a otra ventana.

—Aquí los eventuales, que son unos flojos y no han currao en su puta vida. ¡Y se me quejan!

—Anda, vamos pa dentro y a lo nuestro que esta noche toca brisca primero y después jugaremos a la putada.

¡Bah, bah! Pelillos a la mar; aún no se ha muerto nadie. Dejemos a estos iletrados que firman con la yema del dedo y solo usan la lengua para pegar sellos y lamber helados. Síganme, síganme, busquemos gente parlanchina y sandunguera.

El andén está lleno de turistas variopintos esperando la llegada del expreso hacia Barcelona. Marquesonas y funcionarios esperando impacientes la llegada del relumbrante tren anunciado y que llega pitando.

Dejemos, dejemos, a esta gente parásita y transeúnte que se piren a la Costa Dorada con sus vanidades y vallamos al meollo del cogollo. La gente ululante.

Al final del andén, cercanos al edificio de la estación, y semiocultos entre los setos de un jardincillo, fuera de los focos que alumbran el tren brillante, encontramos a nuestros héroes: ¡la brigada del removido!

Subidos a los carros que sirven para transportar maletas y mercancías encontramos a nuestros cuatro currantes agarrados a las barandillas, botando al unísono, y aullando enlobecidos a la luna menguante.

Arranca el tren nocturno cargado de mentiras humanas y miserias generales hacia su destino luminoso en el mare nostrum cuando surge de la última de las puertas del edificio un auténtico gigante.

(¡Es Pim! Conductor de carretillas eléctricas y alma mater de la empresa nacional ferroviaria)

−A ver, salvajes, dejar de aullar como lobas preñadas y os contaré cómo va a ir la noche

− ¿No nos iras a hacer currar esta noche?, -le dice El Boca-, ¡que son las fiestas de la Anunciata!

−Tranquilidad, tranquilidad, no agitar antes de tiempo no sea que alguno explote. (Y guardar las cervezas debajo de los paquetes) Tenemos cuatro cosas para pasar la noche. Unas cuantas maletas, cuatro cajas de flores, unas truchas y algo de tornillería. Cosa chupada. En cuanto desaparezca el expreso nos vamos a paquetería a cargar las carras. Si lo hacemos bien a las doce de la noche ya lo tenemos todo bien enfilado y programado gerencialmente. O como se diga ahora. Que nos están cambiando hasta el idioma.

Y se sube impávido e impoluto a su carretilla eléctrica.

− ¡Rubio, coge la otra carra y detrás mío! Arranca con la carrada en dirección al muelle de paquetería atravesando principescamente por todo el andén primero. Cuando están a punto de subir hacia el muelle ven venir la maniobra del tren paquetero a toda leche entrando por la vía OO.

— ¡Pero dónde van a toda máquina!

— ¡Hacerles señales! ¡Llamarles por el walkie! ¡Que se tragan la topera!

Capataz y enganchadores brincan y saltan como los peces en el río haciendo señales a los maquinistas para que reduzcan y frenen la composición. Como si llamaran a unos astronautas.

El tren paquetero sigue su curso hasta dar con la topera y sigue avanzando; el castañazo es tremendo, el último furgón salta por encima y se pina en un ángulo de 45 grados. Se cortan las mangas de aire y se queda colgando.

—¡¡¡Frena!!! Estaba gritando media humanidad.

Otra vez con lo mismo. No funcionaba el tren tierra.

—Bueno, muchachos; les dice Pim cuando el estrépito ha cesado. Me parece que esta noche tendremos chollo del bueno; ¿cómo están mis cholladores?

(Cagándose y meándose en todo lo animado e inanimado)

Segundos más tarde salen las alegres y divertidas chicas de paquetería tras el bufo y rebufo de su factora suprema

—Pero, pero, ¡qué tenemos aquíiiiiii…! Exclama ella con su excelsa voz de soprano siberiana y pastora ubérrima. (No, si todavía vamos a tener verbena)

Pim y sus muchachos están sentados en un tren de carretillas paqueteras y no levantan la mirada del suelo. El capataz de maniobras ha dejado de desgañitarse mientras pisotea maníacamente el walkie talkie y sus enganchadores no paran de correr andenes arriba y abajo despavoridos y vociferantes. Pero, (¡alto! observen con atención) que vemos llegar al señor factor encargado del turno de noche (permanezcan atentos) acompañado de la brigada de visitadores.

— ¿Pronostico, señor visitador jefe?

—Cortamos la composición y que se pire el tren en cuanto lo transborden. Llame a una grúa grande y si viene pronto esta misma noche encarrilamos el tema (el gran furgón paquetero tiene un bogie al aire, suspendido sobre la topera; las ruedas siguen girando como fieras)

—Señor jefe paquetero ¿Qué induce su afilado olfato sobre este tema?

—Que en cuanto corten la composición y me separen el tren y este furgón se nivele un poco tendremos que transbordar toda la paquetería a los furgones intactos.

—Muy bien, procedan con las operaciones y cumplamos fielmente con lo previsto y programado previamente por nuestra gerencia superior.

Y girando sobre sus talones comienza a caminar, impasible el ademan, alejándose del frente de batalla de vuelta a su oficina. Graves e incomprensibles problemas le reclaman (¿Cuáles? ¿Sabéis algo vosotros?)

Pero bueno, dejemos que trabajen estas mulas de carga a la mayor gloria y prosperidad de esta nación inacabada e inagotable, y vayamos de nuevo con gente verdaderamente experta en catástrofes: los carteros.

Encontraremos a nuestros ínclitos golfos apandadores ¡y fumadores de Farías! Amarrados están firmemente a la barra del bar de la estación dispuestos a soportar cualquier marejada.

— ¡Anda que si llegan a poner en cola el furgón de correos nos dan las uvas y estamos trasbordando sacas!

—Si es que no saben beber estos conductores de ahora. Tú, Celemín, ¡ponme otro sol y sombra!

—Que no hay seguridad, taxista, tú bien lo sabes y nos jugamos el cuello currando. ¡Celemín! Pon otra ronda de cervezas al círculo mágico de comunicadores interplanetarios; y guarda la porra que te vamos a pagar. ¡Qué no marcharemos sin pagar!

— ¡Será mal pensao el tío! Todavía quedan más de dos horas hasta que pase el expreso de Hendaya. Nos da tiempo a tomar cuatro rondas.

Dejemos, dejemos, un rato a nuestra alegre muchachada postal burlando con los taxistas al tute y la putada y volvamos con los paqueteros. Al oír anunciar por megafonía la entrada del expreso abandonan el interminable transbordo y nuestra amada y sentida brigada nocturna se divide en dos equipos.

Se cruzaran al mismo tiempo dos trenes nocturnos por diferentes andenes: por el primero llega el proveniente de las oscuras cavernas de la Jalicia Caníbal y por el segundo andén el que ha conseguido regresar del Espanto Vasco (Una noche más, ¡hurra! A este no lo han quemado)

Valle y el Rubio toman una carretilla eléctrica y las sucesivas carretillas rodantes con las mercancías que les han colocado nuestras alegres chicas picantes y se van para el segundo andén a toda mecha. Pim capitanea, en triángulo amoroso, su cercenada brigada; detrás suyo va San Juan (No, no es el que sacan en las procesiones de Semana Santa; este ya nació ferroviario, y tiene los cojones negros del humo de cien batallas. Le quedan cuatro días para jubilarse. Bueno, es lo que dice siempre) y El Boca, que aprovecha el impasse mientras Pim engancha carretillas para hacerse un peta como dios manda. Y se marchan cantarines atravesando el andén primero (¡Como son los de la montaña! Llevan casi cuatro horas cargando paquetes y aún cantan)

"No hay quien pueda, no hay quien pueda, con la gente marinera; marinera, pescadora; no hay quien pueda… por ahora"

Llegan los trenes, viajeros, maletas y maleantes, ¡mantecadas de Astorga! ¡Mantecadas! Gente arriba y abajo corriendo por andenes y subterráneos. Pim se acerca a la oficina de paquetería para recoger unas maletas y el factor de equipajes le recibe abriendo una boca que asustaría a un oso grizzli:

− ¿A qué estáis jugando? ¡No os he visto en toda la noche!

−Acarreando. Nos llevamos las maletas y las flores. Y salen prestos hacia el furgón de cola.

Durante veinte minutos asistimos a un gran tejemaneje de gentes y mercancías. Los mozos del removido van de un furgón a otro, de cabeza a cola, descargando y cargando sucesivamente. El tren de Jalicia está a punto de partir pero el factor espera a que los peonacos le hagan la seña.

− ¿Qué pasa? ¿Acabáis? ¡Os vais a cargar el tren! Pito ya mismo.

−Espera un minuto que Valle se está peleando con un par de bonitos.

− ¿Son guapos esos amantes que nos retrasan?

—Son hermosos y acaramelados; le suelta Valle apareciendo en la puerta del furgón con un gran bonito en cada mano. Se rompió la caja al cargarlos y vamos a tener que llevarlos a mano.

—Bueno, baja de un salto que pito y esto sale zumbando. Ya lleva casi cinco minutos de retraso.

—Ya me bajo, ya me bajo.

— ¡Tú! Maquinero, ¡arranca que ya pité! Arranca de una puta vez.

Marchan los trenes expresos a sus inciertos destinos mientras la vida sigue en nuestra estación de tránsito. Trenes de mercancías pasan por las vías exteriores y se detienen para ser revisados por los visitadores mientras los enganchadores hacen las maniobras.

La hora del bocadillo. Los guardagujas aprovechan para ir a tomar un café al bar y echarles un vistazo a las putas del Siroco que siempre paran por allí a esas horas, vigiladas por sus chulos que no paran de meter monedas en las tragaperras; en el aparcamiento el jefe de camareros está de pugilato con un borracho que se trajeron las putas consigo (Perdón, señoritas de compañía)

Cuando ya paran de sangrarse mutuamente, por puro agotamiento, comienza una trifulca aún mayor entre los policías nacionales, de gorra azul, y los municipales, de gorra bermeja. Nadie sabe que pasa; solo se ven las gorras volando entre aquella ensalada de hostias y porrazos.

— ¿Qué tengo yo que hacer el atestado? Esto es el aparcamiento de coches; el muerto es vuestro, ¡municipales!

—Nosotros solo intervenimos por fuera del aparcamiento; en la calle. Esto es terreno de la estación y os corresponde a vosotros ¡los nacionales!

Más puñetazos, zurriagazos, y mamporros y por una puerta aparecen los guardas jurados de la Renfe.

—No, si digo yo que habrá que llamar a la división acorazada para separarlos.

—Calla, calla, que llegan refuerzos de ambas partes.

Por cada lado de la calle que bordea la estación aparecen coches, furgonetas, acorazados sobre ruedas, y se escucha el vuelo cercano de los helicópteros de la Guardia Civil vigilando por si la cosa va a más y tienen oportunidad de meter mano en el asunto.

Y en esto que asoma por la puerta de equipajes el factor de equipajes y encarando al jefe de camareros le grita:

—Pero, vamos a ver ¿a qué viene todo este folklore? ¿Me lo puedes decir?

—Este, que se piraba sin pagarme el café. Un jeta… ¡si no me paran lo mato!

—Pues mira, toma veinte duros y haces como que le convido y mandas de seguido a todos los de las boinas a desfilar por el Paseo de Salamanca; que está a estas horas todo lleno de chicas lujuriosas vestidas de ciclistas. (No, si no se va poder dar una cabezada en esta estación ni a las tres de la mañana) Voy a llamar al peón de estación que me limpie toda esta sangre. ¡Venga! Piraos todos de una puta vez a cagar a la orilla del río.

Resuelto el problema; canta el Mahoma de Árbas del Puerto y todo dios se calla (Esto sí que es un factor; como los de antes, que llevaban sable al cinto; y si no, pistola. En Busdongo se peleaba con los osos para defender las cajas de pescado. Tendríais que verle en un corro de lucha leonesa, mano a mano con Pim, el gran campeón de Villamanín, agarraos al cinto y bufando como bisontes. Tienen los dos unas manos como la estatua de Guzmán el Bueno. Al que no le guste León: ¡Hay tiene la estación! ¡Las reclamaciones al maestro armero! ¿Su maleta está en Irún? No problema; mañana la tiene en su casa y de paso le damos de comer al perro)

Bueno, bueno; dejemos a los gorrinas uniformados al servicio de los mandamases del Reino abandonados a su barbarie y calentura mientras se las piran a la orilla del rio a saludar y convidar a las hermosas ciclopedistas que hacen la carrera por entre las alamedas y volvamos al andén primero. (¡Hay unas negras que paran la circulación! Pues habrá que hacer atestado. ¡Los nacionales! ¡Los municipales! Que tenemos la jurisdicción. ¡Vosotros no tenéis autoridad! ¡Llamar al alcalde, gilipollas! No podemos, está haciéndole el servicio a un ministro que se aloja esta noche en el Parador Nacional de San Marcos. ¡Pues eso, gilipollas! Mandarles a las ganadoras de la Vuelta a España. Vamos a pasarlas primero el antidoping. ¡La puta que les parió! Se nos ha vuelto a adelantar la Guardia Civil. No, si esta noche van a verse fuegos artificiales en el río Bernesga. ¡Ya te digo! Con las ganas que les tenemos a los estupas de la Civil. ¡Tú y todos nosotros, los municipales! Esta noche llega la sangre al río. ¡Qué calor hace, San Dios, qué calor!)

Valle y el Rubio han aprovechado la refriega para tomar unas cañas en el bistró ferroviario y se dirigen con sus carretillas al muelle de paquetería.

— ¡Vaya noche más rollo!, ¡eh!, ¡rubio! Casi las tres y no hemos parado de remover.

—Bueno, no te quejes; venimos de tomar una caña

— ¿Una caña? ¿Una caña? Con este calor habré sudado cinco litros. Subimos a Paquexpres, les dejamos los paquetes a las chicas y volvemos a la cantina para hidratarnos.

—Eso, eso, a hidratarnos, hidratarnos. Oye, oye, para, para Valle; ¡¡para!!

— ¿Pero qué te pasa, espantado? ¿Por qué quieres que pare si no hay nadie en el andén?

—En el andén no; pero sí en las vías. Y se tira en marcha de las carras.

En el primer andén, semioculto entre las sombras, hay una persona tendida perpendicularmente a las vías.

— ¿Qué pasa, Rubio? ¿Un borracho que se ha caído?

—Borracho, borracho, estaría hace un rato pero seguro que a este ya no le duele la cabeza. Y recoge la cabeza del suicida, perfectamente seccionada por las ruedas del tren que partió minutos antes y se la muestra como si fuera de Gorgona.

Valle, que apenas había conseguido parar el tren de carretillas sale a toda marcha hacia paquetería mientras le grita:

— ¡Deja eso en el suelo y avisa al factor jefe! ¡Que lo dejes en el suelo! ¡A mí no te acerques!

—Pues no sé qué daño te podría hacer; está bien muerto. Bueno, vale, avisaré al factor jefe. A ver qué es lo que procede. Tú sigue con los bonitos que yo me quedo con el fiambre.

Tranquilos, tranquilos todos y que no se amargue la noche; ya sale el señor factor jefe del turno nocturno en la más concurrida estación del norte del viejo reino que parió esta civilización mundial.

– ¿Habrá que llamar a alguien? (Acariciándose el mentón; como si pensara)

–A la policía ni se le ocurra, que están muy ocupados multando ciclistas en la orilla del río. Envíe un propio a los juzgados a buscar al juez de guardia

– ¿A las tres de la mañana? ¡Ah!, claro, problema solucionado. Vale, mandaré al peón a los juzgados para dar aviso; deja esa cabeza donde estaba, que no quiero follones y procede según ordena el Reglamento General Ferroviario.

–Yo tampoco quiero problemas; que es la hora del bocadillo y estoy traduciendo un libro muy interesante.

– ¿Sigues estudiando? ¿Qué libro estás atacando ahora?

–El Bhagavad Gita; unos cuentos de la India.

–Así tenemos que ser los ferroviarios, gente ilustrada. Te dejo, que estoy leyendo Cien años de soledad; y, a este paso, me va a llegar la navidad y no lo acabo.

–Pues acabe, acabe usted que tiene buena huerta, señor factor encargado del turno nocturno; le dejo que me esperan (Al paso que lee este payo me crecerían nabos en plena batalla de Pandavas y Kuaravas y no habrá coronel que le escriba como fueron las cuchilladas. Todavía firma los boletines de los maquinistas con plumilla. Hay que oírles: ¡Media hora para un puto papel! Braman, Vishnu, Krisna, se cagan en todo lo que flote, Kali y Kalki, cabezas de factor llevan colgadas del cuello los de la promoción del 64; pero con este tío no hay manera. ¡Aquí no se fuma! ¿Has leído la última consigna que cambia el punto 233 del apartado 745 del Reglamento General de Circulación? Invocan a todo el panteón de maquinistas en vimana; pero con este payo no hay manera. ¡Que se jodan los

95

maquineros! Media hora de toma y deje, media hora que les tiene bailando samba. Este tío tiene una sombra que llega hasta el Ganges; por lo menos. Me vuelvo al yoga y que salga el sol por Antequera)

Y se va el Rubio tan pancho como ancho al muelle de paquetería.

Apenas entra por la puerta le asaltan nuestras encomiables y encantadoras chicas de paquetería.

— ¿Qué es lo que nos ha contado Valle?

— ¿De verdad encontraste un muerto en las vías? ¿Con la cabeza cortada?

— ¿No tendrás el cuajo de sentarte a comer el bocadillo? ¿Pero si tienes sangre en las manos?

—Ahora me las lavo; y el bocadillo no lo voy a tirar con el hambre que tengo. No hemos parado en toda la noche.

—Bueno, pues no paréis mucho; que tenéis que descargar un vagón de pescado en la vía 14. Y viene hasta arriba

—Pues os nos regalas unos zancos, gran factora suprema, (No te jode; la súper culona factora superflua y súper mandona; haría las delicias de Ganesha y toda su estirpe suprema. Le entrarían todas las trompas por el orificio por donde caga y aún habría sitio para una brigada del tren de socorro) O les dices a los de la maniobra que pongan el vagón en una vía con andén o no descargamos.

—Decírselo vosotros, y mirar bien la hora; que a las cinco están aquí los pescaderos a recoger las cajas. ¡Y no quiero follones! ¡Deja de leer esos putos libros de las Mil y una Noches! Te estás volviendo majara. Tendré que hablar muy seriamente con tu hermana. Mañana mismo.

(Chissss, ¡Callaos todos! Habla Pim; el Alma Mater de la Empresa, y todo eso)

—Boca, tú y Valle os vais de pescateros. Tenéis el vagón de Vigo en la Vía 15.

—Y vosotros dos conmigo, a terminar el transbordo del paquetero; que quieren sacarlo antes de las 05.00.

— Pero ¿habrá tiempo para tomar unas cañas?

—Que sí, San Juanín, que sí, habrá tiempo de sobra; cuando terminéis el chollo os tomáis todas las cañas que procedan orgánicamente según lo estipulado en la consigna 4P3C2, apartado 565433, anexo ASERO; recién revisada. Y vale ya, que no hay razón para hacer corro. A las carras, mandaos; que sois unos putos mandaos.

Entonces, entonces, dejemos unos minutos a estos incansables tragaldabas, estos sencillos menesterosos para que alimenten sus insaciables tragaderas (Escucha Valle, ¿seguro que la factora encargada contó bien todos los bonitos? ¡Porque este me mira con unos ojos! Y mañana tenemos cenorra los de la cofradía de la Anunciata)

Mientras los mozos llenan el buche y se pimplan dos botijos de agua artesiana nuestras chicas picantes y alocadas discuten con la juez que está esta noche de guardia.

— ¿Pero cómo dejan tanto tiempo ahí tirado a ese pobre hombre en la vías? En cualquier momento pasará otro mercancías.

—Hay que realizar el atestado correctamente.

—Pero podrían subirlo al andén y limpiarlo un poco

—Hay que hacer las fotos tal y como lo encontraron sus compañeros.

—Pues yo no pienso tocarlo, ¡con lo muerto, muertísimo, que está! ¡Es un olor! Es un olor insoportable.

—Pues tendréis que ayudar vosotras a subirle a la ambulancia porque el conductor no puede él solo

— ¿¡¡Nosotras!!?

— ¿Señor factor encargado?

—Disculpe, señorita magistrada, a mis pupilas afamadas; es que están estudiando para Graduados Sociales y aspiran a más altas hazañas. Procedan, procedan señoritas operarias de la red ferroviaria, al levantamiento del cadáver ¡Y cuidado con la cabeza! No la dañen que hay luna llena y hay gente que parece alobada. Con mimo, con tiento, femeninamente coloquen sus restos en la ambulancia. ¡Veis! De algo sirve ser chicas estudiadas. ¿Me invitaréis a vuestra fiesta de fin de curso?

Omitamos sus aullidos de loba zamorana; dejemos, dejemos, a estas industriosas y afables muchachas (¡Sigue sangrando por el cuello! No te jode, ¡no veas cómo suelta por la cabeza! Me ha puesto perdida; voy a cambiarme antes de que lleguen los pescaderos a recoger sus cajas. Eso, y de paso te maquillas que pareces de la farándula) que realicen su compasiva tarea y sigamos al Boca y Valle en su afán por descargar un vagón cargado de cajas de pescado en la vía no sé cuántos mientras los operarios enganchadores y su señor capataz se cachondean de ellos sentaditos en la terraza del bar tomándose unas cañas.

Pasan diez minutos, pasa media hora, y siguen sacando cajas de madera repletas de pescados recién llegados de Jalicia y saltando de vía en vía para llevarlas a las carras en el andén más cercano.

— Oye Boca, ¡tú harás lo que quieras! (¿Qué picadura liará este tío? Dice que es tabaco holandés) Pero yo, cuando pasemos por el bar paro a tomarme algo. Estoy sudando como un caballo.

– ¡Vale!, tomaremos algo. Para qué valen las prisas. (Asín aprovecho para liar otro peta jamaicano. The Lion King forever. Bob Marley a los altares ¡Ya!)

Se las prometen muy felices estos inconscientes pero al irse acercando al bar con su pescatero cargamento Valle nota algo inusual al pasar frente a la cabina de teléfonos. Frena de súbito la carrada y de cuatro saltos ya está abriendo la puerta de la cabina telefónica.

Hay un tipo intentando forzar a una cría, una de las muchas que deambulan estas noches de miseria y miserables por el vestíbulo de la estación; huidas de sus hogares, expulsadas o rechazadas de este mundo infame y bestial con la gente sencilla y sensible, o solitaria, o humana. Y Valle lo saca de un tirón de la cabina y comienza a soltarle una somanta de hostias de inmediato.

Cuando ya le ha puesto la cara como un marmitaco y está rodando por el suelo se le escucha decir al hijoputa: ¡Pero si iba a pagarle! ¡Iba a pagarle!

–Pues tú ya has cobrao. Le suelta El Boca pisándole la cabeza con las botas reglamentarias de plantilla de acero. ¡Déjalo Valle!, que ya vienen los guardas jurados; que se encarguen ellos de este cabrón. Sigamos con el removido nocturno que nos ha tocado en estas felices fiestas de la Anunciata.

Entonces, entonces, bueno; sigamos de turné pasando por el bar donde carteros y chuloputas disfrutan mirando un combate de boxeo que dan por la tele (¡otra ronda!) (¡Vaya hostias!) (¿Quién paga esta ronda?)(¡Que guardes la porra!) ¡Bah! El bar está aburrido, lo mismo de todas las noches. Putas y trileros, políticos arrabaleros, taxistas.

Un poco más allá, paseando por el andén, encontramos a los visitadores, martillo en mano, discutiendo con los enganchadores

— ¡El próximo mercante lo metéis por una vía con andén!

— ¡El próximo te lo vamos a meter a ti por los cojones! Compraros linternas. ¡Y unos zancos!

—En los zancos os vais a sentar cuando se enteren en la gerencia.

¿Pero qué pasa?, ¿qué ocurre? ¿Y ese estrépito? Estamos escuchando en vivo y en directo, señoras y señores, el inconfundible sonido de un tren descarrilando. Un sonido inenarrable.

—Pero ése ¿qué iba? ¿Pa Remolcado?

— ¿Y yo que sé? Tendré que mirar en el ordenador. Dice el factor de maniobras que ayer estuvo de turno de mañana, hoy de noche, pasado de tarde, y despúes, despúes, ¿habrá que mirar en el gráfico? Ahora no me acuerdo; ir a mirar. (Es el zombi perfecto. Nunca discutas con un ferroviario; la red nunca para. Nadie en este planeta jura en arameo como ellos. ¡Te aviso! Estás advertido)

—Se ha debido de llevar por delante la garita del guardagujas. ¿Quién estaba de noche? (¡Ya tenemos otra misa de difuntos!) (¡¡Vaya racha!!) (Tenemos el cuarto lleno de esquelas), (¡Otro que no se jubila!)

—Ala, venga, ¡tos p´ allá! Grita el capataz a los enganchadores para que dejen de jugar a la brisca. Y que no oiga a uno rechistando. ¡A la carrera!

Bueno, bah, bah, no ha habido muertos, (estamos de reconocimiento) los del vagón de socorro llegaran en una hora escasa; el sonido del descarrilo se ha oído en toda la ciudad. Total, el ayudante maquinista, que es un cagao que no hizo la mili en ferrocarriles, y se tiró en marcha y se ha raspao un poco con el balasto del suelo. El guardagujas había ido por tabaco.

Aquí se hace un caseto nuevo y le ponemos hilo musical para que no se duerman (Cosas que pasan; al que no trabaja esto no le ocurre) Volvamos, volvamos, con los del removido (Ahí sí que tenemos acción de la guapa y molona) Valle y El Boca ya están entrando al muelle de paquetería con los pescados y se encuentran a un Pim nada pinturero ni jovial y vociferando:

—Faltan diez minutos para que pase el Costa Verde y vosotros sin aparecer. ¿Estabais durmiendo? Venga, rápidamente, poneros a remover cajas de flores que nos vamos a cargar el tren.

—Pero, Pim, ¡si para vente minutos! Para qué las prisas.

—Cierra el pico, Boca, que no te sienta ni respirar. Cuanto antes terminemos antes descansaréis; y cógete a San Juan por el pescuezo y me lo sacas del wáter no sea que se ahogue.

— ¿Ya está otra vez enfermo?

—Está de lo suyo; y sobran comentarios. Venga, que nos cargamos el tren y les tengo una sorpresa preparada a los de Gijón.

Y en minutos ya salen pitando hacia el andén con sus carretillas eléctricas y su carga florida. Ya se oye anunciar el tren expreso hacia la mar cantábrica.

Ya están en posición los carteros, los primeros, los más raudos, veloces, el pony exprés. Y apenas el tren se ha detenido comienzan a volar las sacas.

¡Pumba! Una de ellas pega en la cabeza del conductor de la carretilla. Adiós cartero.

– ¡Parar, parar, que os lo habéis cargao!

– ¡Flojos, flojeras, que sois unos blandengues! ¡Tendríais que currar en la línea como nosotros! ¡Todas las sacas al suelo y que las recojan cuando puedan! No vamos a quedarnos sin tomar unas cañas por causa de estos jubiletas. ¡Al puto suelo las sacas!

–Primero tendréis que recoger las vuestras. Y el furgón postal recibe entonces un auténtico bombardeo de sacas postales.

¡Toma! En toda la frente. (Esto parece Las Ardenas)

¿Se ha roto algo? ¿Inconsciente? ¡Bah! Que les jubilen. Total por una cabeza de chorlito y unas cuantas bolsas de valores. Lo de todas las noches. Vayamos a ver cómo les va a los paqueteros que puede estar entretenido; parece que ya han concluido.

–Bueno, Pim, me firmas aquí la entrega de los equipajes y me las piro. Exclama muy ufano el encargado del furgón paquetero.

– Quieto, ¡Quieto!, quieeeeto, Perlín, ¿dónde vas tú tan deprisa y corriendo?

–Hombre, es que ya hemos terminado y me da tiempo a tomar una cañita en el bar; si no te parece mal. Contesta el incauto traballador ferroviario y por penitencia: asturiano. (¿Ties perru? ¡Si tu ye de Mieres! Usa el focicu, carballón, que vas a ver la que te metemos)

–Tú no te bajas del furgón, que aún te queda por acomodar el envío más importante de la noche. Y les guiña un ojo a los subalternos de removido. Estos, ni cortos ni perezosos echan mano de un gran abeto que el día antes habían arrancado los de obras y jardines del ayuntamiento

(¡no tendrían más que hacer!) del jardincillo de enfrente, y entre los cinco machotes consiguen meter en el furgón, después de un cuarto de hora, sudando como mulas pardas, el abeto completamente.

—Pero, pero, ¡PIM! ¿Estás seguro que debo llevarme esto para Asturias? ¿Está facturado?

—Joder, mira la etiqueta. Envío especial de la gerencia de la Séptima Zona (Y de todos sus legionarios séptimos) ¡Envío especial para que lo planten en la nueva estación de Gijón! Y vosotros, venga, vamos; entregamos rápidamente estos paquetes en Paquexpres y os dejo libres, que son las cinco y media y está clareando la aurora.

—Boca, vete encargando unas cuantas jarras de cerveza que ahora mismo bajamos, ¡qué calor hace!

—Las pides cuando bajemos; y si ya no hay nada podéis ir a cambiaros hasta que llegue el relevo.

— ¡Eso es un jefe carretillero! ¡¡Viva Pim!! Eres el más grande.

Incautos, inconscientes, ignorantes, en fin, currantes. No saben lo que les espera. Cuando ya están de regreso al departamento de equipajes, sito justo al lado del bar donde les esperan las cervezas doradas, una presencia insospechada les sale al paso.

El jefe de estación que ha madrugado más de la cuenta

— ¡Gruaggg! ¡Erggg! ¿Dónde van estos galanes tan raudos y altaneros? (¡uf! Darth Vader es un gañan al lado suyo; éste sí que da miedo)

—Va, venga, jefe, deja a los mozos que se vayan a cambiar que ya hemos terminado.

—De terminar nada que todavía no son las seis. Os cogéis las carras y me vais descargando el furgón postal hasta que llegue el relevo

– ¿El postal? ¿El de las revistas?

– ¡Que lo hagan los carteros! Hay toneladas de revistas ahí dentro.

—Pues cogéis unas cuantas de las más guarras y os las lleváis de recuerdo. Ellos no pueden; les ha sobrevenido un accidente laboral y han tenido que llevar a un compañero al hospital.

– ¿Y han ido todos para llevar a un cartero?

—Haber estudiado, como ellos y estar afiliaos a un sindicato. Ala, venga, caminito y para el furgón postal que en media hora comienzan a llegar los camioneros a buscar ese porte.

– ¡Pero se tardan horas en descargar ese furgón!

—Mejor, así queda algo de trabajo para los que entran de mañana. Y tú, Pim, deja los mozos que trabajen un poco; me tienes que informar de los removidos nocturnos.

—Pero, ¿será tomando un café?

– ¡Hombre! ¡No vamos a ponernos a tomar cañas a estas horas! Con este calor lo mejor es el café; me lo dice el médico.

—Será por la tensión

– ¡Grajjjjj! ¿La tensión? A tres mil voltios me tiene la parienta. No me hables, no me hables de tensión. Toma las llaves y vete pa mi casa, que todavía la pillas caliente. ¡Vaya noche me ha dao!

Bueno, bueno, bueno, dejemos la estación del Norte de una ciudad insospechada, (no nos acaloremos a eso de las seis de la mañana, no la jodamos, que estamos de fiesta de la Anunciata) de un reino ignorado y olvidado (Crecían entonces los lirios por los arroyos y los reyes estaban en Babia de jarana y todo eso que ya sabemos) tal cual nos la encontramos, para ir a contemplar la salida del sol y escuchar el dulce trino de los pájaros.

Total, no ha pasado nada digno de reseña. Una noche como miles de noches anteriores y posteriores. Lo que siempre pasa; que nos ponemos a hablar y se exagera. No era para tanto. A fin de cuentas, cada día llegaban a su destino cartas y paquetes sin que nadie preguntara cómo lo habrían conseguido.

Eran cosas que sucedían en la vieja España y su red ferroviaria.

Descansen en paz.

Fin

RECUERDOS DESDE ABISINIA, QUERIDA AMIGA

Para:
Siempreenelcamino@gamil.com

Asunto: Gracias por tu felicitación de cumpleaños

En respuesta a tu precioso, animaciones de pajaritos dándose el piquito, mensaje de felicitación te escribo cuatro líneas antes de que se funda el disco duro o la placa base. Sí, ya sé que te alarmaste bastante al volver a Alaska, después de tus vacaciones en Europa, y encontrarte el Casquete Polar casi completamente derretido; pero eso no es nada. Para fundirse y derretirse a conciencia hay que pasear por mi Abisinia natal. Te cuento.

Ahora estamos mejor, esperando la siguiente ola de calor y sacando a La Virgen en rogativa para que caigan cuatro gotas un día de estos; pero mejor. En el trabajo bien; bien porque todavía tengo un puesto de trabajo que está esto como para quejarse.

Llego la otra tarde al taller, apenas me apeo de la bicicleta y consigo despegarme el casco que se me estaba fundiendo con las neuronas, me suelta el jefe: que tienes que echarle agua a una máquina que ha llegado hace un momento y se ha quedado seca. Voy a comprobarlo, 38 grados a la sombra, no te lo pierdas, y el interior de la máquina estaría como a 200 grados; se evaporó toda el agua que llevaba. Hay que rellenar. Una hora más tarde la máquina se habrá tragado 2000 litros de agua para lograr bajar la temperatura (deben traerla del manantial de Avéne por lo que nos cobran por ella) y yo habré sudado cinco litros por lo menos.

¡Hay que hidratarse! (consigo llegar a pensar) Eso, eso, hidratarse, me responde el encéfalo. Caminito hasta donde Honorina y caña pal cuerpo. A la segunda consigue llegar algo de líquido al mesencéfalo y refrescar el bulbo raquídeo: ya comienzo a oír algo.

En las mesas de al lado los jubilados están dándole al tute y la brisca y comentando.

-Ya estamos en agosto, ¡se acabó el verano!

-Veranos los de antes, cuando estábamos segando.

-Eso sí que era pasar calor y estar currando. (Vale, pillo la indirecta y me marcho pitando)

De camino observo una espesa y densa nube de humo que surge del centro de la ciudad. Intento informarme utilizando el radioteléfono:

− ¿Sabéis de donde sale esa humera?

− ¡Son las barricadas en el centro de la cuidad; ha comenzado la revolución!

Vale, usaré el teléfono: ¿Sabes…?

– ¡Han prendido fuego al ayuntamiento! Lo próximo la diputación, el obispado,…

Vale, vale, miraré en internet con el teléfono: Arde La Gomera, Tenerife, Alicante, Valencia (¿pero no la habían abrasado entera?) Orense, y no sé cuántos Parques Nacionales que todavía nos quedan por arrasar. Bueno, esto de aquí será solo una hoguera. A seguir trabajando.

Esto es el día a día en mi llorada Abisinia.

Son las 12 de la noche y ya estoy en casa, esperando a mi esposa que aún no ha salido de trabajar; y buscando noticias frescas por la red.

Mi hermano:

–Que mi esposa, esta mañana, cuando iba a trabajar, estornudó y se le salió el volante del auto. Se fue directa contra un árbol y se rompió la dentadura.

–Eso no es nada, hombre. Chapa y pintura, chapa y pintura. A dormir y hasta mañana. (¡Uff! Verás; con la piñada que tiene la morena la factura va a ser astronómica)

–Que descanses; me contesta.

Eso quisiera yo pero la temperatura en la sala no baja de 26 grados centígrados. Hidratarse, hay que hidratarse, me recuerda el cuerpo calloso en conexión constante con el hipocampo. Atacando a la botella de horchata; vaso largo, eso, eso, vaso largo.

Llamo a otro hermano a ver cómo anda la cosa. No se pone y me responde la cuñada:

–Que está todo preocupado porque ha vuelto la niña de las colonias y tiene la piel negra; parece keniata.

–Dile que recuerde cuando iba él de campamentos a la montaña y volvía con costras en brazos y piernas de cómo se torraba. Venga, a dormir y ser buenos; el año próximo, si puedo, le pago yo a la niña un mes en los campamentos saharauis. Así, aparte de aprender a sobrevivir a estos calores y el Cambio Climático en los próximos años, nos podrá enseñar a sus tíos a usar turbante. Que falta nos va a hacer de aquí en adelante.

¡Pero no refresca en este pueblo! A ver que cuentan en las redes sociales ¿? Nada, lo de siempre. Se quejan de que los políticos, (a los que han firmado un cheque en blanco por cuatro años) hacen de su capa un sayo; y siguen robando. ¡Cuando espabilará esta gente! Sigamos; ¡Umm! Fotos de gente buscando comida en los contenedores de basura; chistes sexuales, parasexuales, y simplesexuales.

¡Ah! Virus virales que entraran en tu ordenador si aceptas una invitación a una fiesta de onanistas emocionales. Pues va a ser que no.

Más y más invitaciones a juegos en red y sorteos de viajes a paraísos fiscales. Las terribles fotos de niños sufriendo en cualquier rincón del mundo, o perritos colgados por el cuello, o alguien con cáncer, ¡qué malo eres si no le das al me gusta! ¿Y cómo les demuestro mi disgusto? Mi hartazgo de tanta tontería. Me gustaría un día escribir un libro sobre lo que llamamos humanidad; empezaría tal que así: El Señor miró y vio que la estupidez reinaba bajo las aguas. Podéis imaginar cómo continuaría.

Esta sí que es buena: Invitación a entrar en la Nueva Iglesia Transformada de la Sidrología ¿? ¿?¿?

Solo hay que jurar los mandamientos perpetuos, comprarte un isidro (en la foto una muestra), y pagar cuarenta cajas de sidra Cimeria mensuales hasta el día que te mueras. Salvación asegurada.

¡Erggg! Pues va a ser que no. Me veo dentro de cuatro días atropando manzanas y durmiendo en un lagar para pagarme eso; Asturias será el paraíso pero estoy ya muy mayor para hacer de Adán.

Sigamos… Consejos de Gandhi, la Madre Teresa de Calcuta, Krisnamurti. Gente de la India, estos sabían lo que es pasar calor; habrá que leerlos.

A ver ésta idea de unos frikis avanzados: "Ideas para rediseñar a los seres humanos y hacerlos más sanos" ¿Qué dice? ¡Ah, ya! Hacer yoga en pelotas rezando a los santos. Estoy yo como para cruzar las piernas, ¡las costuras del pantalón laboral me han hecho unas rozaduras!

Ya llega mi esposa. Atento el lóbulo central y Tálamo en guardia.

− ¿Qué tal, cariño? ¿Qué calor hace, verdad? ¿Por qué no enciendes la tele?

−Con las noticias que dan prefiero no calentarme.

− ¿Qué cenaste con esas amigas americanas con las que saliste por el Barrio Húmedo?

−No me hables, no me hables, y no te acerques mucho. Comida típica spanish querían las buenas mozas, como son profesoras de Español en universidades americanas están de inmersión lingüística. Primero un vinito blanco acompañado de una tacita de salmorejo, después raciones de gambas al ajillo; pasamos al vino tinto y piden ¡conejo al ajillo! De remate y postre tarta de morcilla leonesa.

Venía de vuelta a casa sintiéndome como Vincent Price en aquella peli italiana "L´ultimo uomo della terra". El olor a ajo debe de atravesar las paredes, ¡me parece que siento a los vecinos picando en la puerta!

−Era el día de tu cumpleaños; tenías que celebrarlo.

111

—Bueno pues si las cosas van mal buscaré trabajo de caza vampiros.

—No empieces a hablar de los bancos, que te conozco y acuéstate, que mañana tienes que trabajar.

Un abrazo Martha, y disculpa a este pesado.

Fin

Esta sencilla carta, con mi insensato sentido del humor, estaba dedicada a mi amiga Marty Cashen, mi amiga de Alaska, Teacher en Charter Oak, natural de California, y una de las personas más encantadoras que he conocido en mi vida.

Falleció hace unos meses pero me consta que se reía con mis charadas y cuentos fantásticos que le enviaba por correo web.

MUNDO TERMINAL

Estamos en red

Un pequeño cuento dedicado a mis amigos internautas y fractales que tanto pululan por las redes sociales.

Que nadie se dé por aludido pues la historia se desarrolla en un planeta fantasmal.

Y ya sabéis: pulsal el "me gusta".

Tú pulsa, ¡pulsa!, anda sigue pulsando; ya verás cómo vamos a acabal. Bueno, como que me apellido Pan.

Disflutal.

No son de este mundo; bueno, qué más da. Total, no vais a notar la diferencia.

Bienvenidos al mundo muradal, bienvenidos corazones locos, al planeta termitero. Aquí todos estamos en red (Lo pasamos fenomenal)

¡Atención! ¡Atención! Nuestras sondas espaciales están recibiendo señales de un mundo desconocido y prodigioso. Permanezcan atentos a este gran descubrimiento galáctico. Es, al parecer, un lugar superpoblado y sorprendente donde hay cabida para todo tipo de seres y culturas diferentes ¡Un hallazgo sin igual en la historia universal! Tendremos todas nuestras antenas enfocadas a su albedo. ¡Ya comenzamos a recibir sus emisiones! Enfocar vuestros cerebros.

— ¿Puedes callarte un minuto, animal? Que estoy conectada con mi grupo-reiki transponiendo energías residuales hacia una amiga del grupo intelectual "amigos de los cefalópodos" que se encuentra fatal.

— ¿Una infección gástrica de tanto comer pulpol?

— ¿A saber qué te entrará a ti de tanto ver el futbol?

— ¿Pero tú has visto por dónde se la han metido al portero?

—Por entre las piernas; como te las meten a ti.

—Haber empezado por ahí; el mejor lugar para los besos bonitos y el cariño verdadero.

—Voy a cambiar al grupo de Villa Misteriosa para jugar con mi mascota virtual; me he quedado agotada con el esfuerzo. Esta wifi va fatal.

—Eso; y de paso me vas haciendo la cena. Algo venial, que vamos perdiendo.

— ¡Porfa!, búscame en la otra pantalla una receta vegetal. Estoy que no ya no puedo hablal.

— ¡Ya! Lo tuyo va a ser algo gutural. ¡Si no discutieras tanto con tus hermanas!

—Y lo tuyo anal. Que no mueves el culo ni para cenal.

— ¡Otro penal que no pita el árbitro! Ese está comprado, ¡es la final del campeonato mundial!

– ¿Compraste pan? No padre. ¡Nunca haces nada en casa! Solo miral las pantallas; ni pasas la gamuza ni planchas la ropa…

– ¿Y tú? Siempre atenta al meme viral que algún pirado haya soltado en el último minuto a la red.

– ¡Normal! Ya no me dejas tocal el mando de la gran pantalla. Antes me querías, me sacabas de paseo; eras más romántico.

– ¡Ya! Y tú solo te descargabas revistas de moda y consultabas el tiempo cenital en tu pantalla. ¿Por qué no te pasas al canal cocina a ver si aprendes a cocinal?

–Te voy a abandonal; estás brutal. ¡Calla! Ya ha salido el último vídeo de las perversiones íntimas de la Duquesa del Arenal ¡filmadas por ella misma con su propio celulal!

– ¡Ay, señor, señor! ¿Por dónde se lo metería? ¡Qué peligro tienen estos aparatos! Siempre te digo que no se debe jugal con los celulares; en cualquier momento saltan al modo vibratorio y ¡huyyyyy…!

–Pues mira bien dónde tienes guardado el tuyo; que no para de tuiteal y vibral.

–Son los de la peña gastrointestinal; que haber cuando salimos con ellos a cenal.

–Con esos guarros yo no vuelvo a salir jamás. ¡Y tu amigo el finolis! Para la próxima vez que venga por casa tengo que comprarle un orinal. ¡Cómo me puso la taza! ¡Cómo me puso la taza! La noche pasada, ¡sí, tu amigo! ¿Por qué no orinan y vomitan en el portal como hacen todos los vecinos? No, tienen que hacerlo en nuestra casa.

– ¡No!, ¡será mejor que vengan tus hermanas! Llenarían de orujo tu precioso orinal (cómpralo de porcelana) y se lo beberían a horcajadas.

115

—Mira, ya me has hartado. Ahora mismo te pongo la maleta en la puerta.

—No la prepares, no hace falta; que salto por la ventana.

—¡¡Que es un quinto piso!! Quieto ahí. ¿Es que nunca hemos tenido una pelea conyugal?

—Recuerdo la primera; a los cuatro días de casados pero ya he perdido la cuenta y el numeral…

—Tontón; te quiero macizo y gruñón no espectral y silencioso (Ahora comienza a escucharse un rumor de arrumacos y otros ruidos extraños subidos de tono. ¡Ummm!)

Vaya, vaya, parece que perdemos la señal, ¿sí, la perdemos? Ah, ya; es por el giro entrópico del planeta combinado con las fuerzas magneto térmicas de su estrella enana. (Esto se estaba poniendo caliente; cosas de la entropía universal) En instantes volveremos de nuevo a tener ese mundo extraño y excitante en nuestras antenas. Permanezcan atentos.

Ya mismo, ya mismo; comenzamos a recibir señal directa de ese mundo seminal. Una nueva señal.

—Atenta toda la comunidad, atenta. Orden expresa y fáctica del órgano capital: ¡No se puede bebel cuando se está de vigilia! Se hace efectiva desde ya mismo a toda la comunidad. Firmado: el mandamás principal.

— ¿Que no se puede bebel? ¡Pero si no nos vamos a ahogal! (Irlanda feliz)

—Hay que imponer el orden supremo en esta comunidad. Somos guerreros luminosos y desgarbados. (El Uruguay azulado)

—Los guerreros de la luz suprema. (Brasil soleado)

116

—Ya tenemos alcance internacional (los de la aldea de al lado)

—Y un tamaño descomunal (Azerbaiyán congelado)

—Yo me siento paranormal (Jamaica provechosa)

—Sí, sí, bueno, bueno, (¿qué se estará fumando?) hemos superado hace semanas el ámbito estatal y nos desparramos a los cuatro puntos cardinales. Pero hay que meternos en cintura. Desde nuestro elevado punto de vista espiritual observamos que os estáis relajando en la disciplina trascendental.

—Pero eso no es algo real (Alemania racional)

—Ya, pero resulta genial (Rumanía jocosa)

—Tenemos que volver a la senda provechosa y los auténticos mandamientos. ¡Y no solo de manera nominal! (El mandamás supremo)

— ¿Pasamos a la acción directa? (El nicaragüense impaciente)

—Vale, ya mismo; pero que no sea criminal. Lo prohíbe el artículo 587 de las sagas capitulares que tuvisteis que aceptal para entral en la orden de los majestuosos caballeros de la sangre inmortal.

—Comienza el ataque a los nodos más importantes de la red transtemporal de silos de información vital (Un ruso que se hizo hace poco de la hermandad luminosa y se lo toma todo en serio)

—Desde Australia con amol y fulgol eterno: ¡ataque a la red de satélites meteorológicos! Lloverá en Marviella. (Es un punto total)

—Vuelve con los delfines, vuelve con los delfines, hijo; y que la Madre Luminosa ilumine tus caminos misteriosos.

—Nippon siempre en red. Nuestros ninjas luminosos procederán, de modo silencioso, a destruir la red de contrabando de la píldora postcoital. (¡Gozilla vive! ¡El desastre total!)

—Bien, bien; todo marcha según nuestro plan maestro y seminal. El desconcierto sembrado en las redes comunales comenzará a dar sus frutos luminosos en cuestión de horas.

— ¡Seguiremos combatiendo por la paz mundial! ¡Hacia la victoria y más allá! (Desde el intrépido Canadá)

— ¿No sería mejor iniciar una acción sindical? (Un islandés desnortado)

—Eso, eso, y de paso una actuación fantasmal: boicot completo a toda emisión televisual (Sudáfrica incompleta)

—Bien pensado y mejor ejecutado. Ya comienzo a percibir sus consecuencias; y ahora escuchar todos a vuestro gerifalte: ¡el golpe maestro! Nos pondremos a rezar.

La temperatura de este planeta muestra signos inequívocos de cambios significativos de que esto se va a calentar. El albedo del planeta ha bajado un apreciable grado porcentual. Otros signos oscuros indican que este mundo está entrando en una fase sin vuelta atrás. Disculpen las interrupciones debido al polvo galáctico y una nova cercana que explotó sin avisar. Todas nuestras naves están en situación de alarma general. ¿Regresa la señal? ¿Sí? De nuevo en conexión con el planeta germinal.

—Indetectables-guais.com para anomimusalcoholicusdetantocurrar.com: ¿Me copias?

—Copiando y pegando todo lo que me das. ¿Cómo va la revolución? Te mando el último wikiliis encriptado; no la líes, no se vaya a enterar la SIA.

— ¿Usas el Pulfish© de 448 bits o uno más flojete?

— ¡No! Uso el Falsfish de 896 bits recientemente descargado.

—Entonces bienvenido a los anonimus revoluciarius. Tómate algo. Esta es la gran noche. Somos millones. Esto va a explotal. Acabaremos con el gobierno del capital sobre la gente en general. De un solo golpe ¡Zas! bestial. Atento a la red y cambia a modo manual. (Zombi de los cojones. ¡Otro más!)

—Atención, atención, orden criptografiada a toda la comunidad revolusionaria: ¿Estáis todos con las máscaras simpáticas bien puestas? Entraremos todos ahora mismo en videoconferencia pero no al modo habitual, pirateando la señal, si no: ¡pagando a toca teja! (Esto va parecer un auto sacramental)

Millones de bits transmutan su posición original para ponerse enfilados a las órdenes de los genios de esta generación especial. El que primero entra primero sale ¡Y no vale enchufes ni conexión de altísima velocidad! Ya se sabe: push pull, y a ver quién puede más. Millardos de datos falsarios e inconexos repueblan en instantes las redes telemáticas del mundo germinal y las empiezan a empapar. Todos con las máscaras de carnaval.

—Aquí el otroladodelaredoriginal.quesehapasadoalladooscuro.web, para anonimados silenciosos. He inundado la red de fotos de pececitos de colores; las fuerzas de seguridad reaccionarias deben estar ya boqueando. Pero mi disco duro ha sido bloqueado por algún hacktivista extremista y patético.

—Undergroundenlasalcantarillasdelaciudadmisteriosa .consupropiodominiopagadoconunavisafalsa.org para los más originales. Estoy vomitando a la red toda mi colección de películas de Louis de Funes. Algo espantoso. Esto reventará en instantes. (¡Ya se las están empezando a bajar! El efecto será inmediato) A las órdenes de mis anonimados encriptados. Seguiremos bajo tierra.

—Hay voy, hay va, hay voy, silbando a trabajal… aquí copiando y transponiendo información vital el incombustible thejakerwayforereryanever.es. Yo estoy soltando al feisbuk un viral sobre el maltrato animal. ¡Quieren acabar con las moscas paludistas en las lagunas residuales de la Guinea Tropical! ¡¡Únete a mi causa!! Las redes ya explotan de indignación general. Seguiré jakeando a ver si pillo una MasterCard platinum y me doy el piro. Abur.

— ¿Lo habrás soltado con la máscara puesta, supongo?

— ¡Normal! No voy a exponerme a esas moscas de pantano tropical. Mi amor por esas tierras no pasa de ser puramente frutal.

—Bien. ¿El siguiente anatómico revolucionario? Todo encriptado, ¡eh! Mandarlo todo encriptado. Que tenemos encima a todos los escuchas y destroyers de las redes militares.

—De parte de securityquetemangamosloquetengas.net os enviamos la perfecta bomba global que terminará con esta agonía existencial. A partir de las 00.00, hora del Atlántico sudeste, comenzaremos a vender, vía red consumista, las auténticas cápsulas de partículas nanotecnológicas para elevar enhiestas las pollasarrugás. A precio de derribo. Remate final. (Auténticas falsificaciones químicas descargadas a oscuras en la Ría de Vijo; y se pagan directamente en un paraíso fiscal. ¡Prepare su MasterCard!) El mundo se derrumba; Ja, Ja, Ja.

—Joder el Fantomas este. Ya se había visto todas las pelis de Louis De Funes antes de que las empezaran a descargar los demás. Las bandas internauticas están a punto de parir la gran revolución digital. Ay va, lo que nos faltaba: ¡Una inmensa tormenta solar! Esto se cae, esto se cae, es el final. Volveremos al reino mineral. ¡Cómo brillamos! ¡Cómo brillamos en la noche sideral!

Y se les funde la conexión principal y las accesorias a los adversos replicantes escudados tras la sonriente máscara de carnaval. (¡Que viene la marabunta!; me lo decía mi abuelita. Nadie puede escapar a su destino fatal)

Vaya, vaya; esto se está poniendo interesante. Parece que algo se está tramando que puede tener un alcance sideral. Pondremos en alerta máxima nuestra flota interplanetaria. Tras la nueva pausa generada por una inyección masiva de materia oscura en nuestro tracto intestinal volvemos a captar su lejana señal. Escuchemos.

—Bueno, bien, al menos sigue funcionando nuestra red satelital para la seguridad nacional. Informe mi general.

—De manera oficial, puedo expresar, señor presidente, que ha sido un ataque terrorista a la red principal de comunicaciones y la reacción en cadena generada ha sido fenomenal. Ya no funciona nada en este mundo que no sea militar.

— ¿Y de manera informal qué me cuenta? Esto es algo inusual.

—Y tanto; una catástrofe irreal. De repente todo el mundo comenzó a recibir emisiones incomprensibles canal por canal y la gente respondió aumentando el tráfico de sus comunicaciones de manera exponencial. Y la red se fundió. El mundo se ha detenido.

—Todo, excepto nuestros ejércitos. Estarán alertas, supongo.

—Los nuestros y los de demás. Todos apuntando a los objetivos prefijados para asegurar la paz. Tendrá que permanecer oculto en el bunker presidencial.

—Y ya de modo extraoficial ¿Qué me aconseja el alto mando?

—Sobre todo mantenga la calma hasta que pase esta crisis. Sobrio.

—Bien, me mantendré neutral

Ring, ring, ring, ring, ring, ring…

— ¿Cuál es el que suena?

—El de color rojo, señor

— ¿Quién está al otro lado?

—Supongo que su mejor aliada, la…

— ¡Ah! Ya, la rubia escultural. ¡Aló! Guapetona, ¿cómo anda la cosa en tus dominios?

—Un desastre parcial; aunque nada funciona tengo todos los misiles bien engrasados y preparados

—No van a ser misiles bien tiesos lo que falte a ti. Por cierto, ¿Cuándo pase esta crisis podemos reunirnos en una casita rural? El entorno es ideal para reuniones de alto nivel.

—Sera algo completamente informal, supongo

—Un intercambio plural de sabiduría sexual a la luz del fuego de la chimenea

—Prefiero la cenital que entrará en el dormitorio…

Ring, ring, ring, ring…

– ¿Cuál suena ahora?

–El azul turquesa, señor presidente

– ¿Aliado?

–Fifty fifty; con ese tirano nunca se sabe.

– ¡Mi querido caudillo imperial! ¿Podemos ayudarle en algo?

–Poco o nada; ya hace décadas que nos sacudimos su yugo imperial ¿Es usted el causante de este cataclismo total? Porque tengo todos mis misiles apuntando a su trasero

–No, no, no, ha sido algo casual. Las redes sociales comenzaron a calentarse como siguiendo una orden subliminal hasta que cayeron nodos, servidores, satélites y demás.

–Comprendido. Ahora mismo doy orden de detenel y ejecutal a cualquiera de mis súbditos que pertenezca a una red social

–Pero, pero, pero, en su estado señorial serán millones de suscriptores ¿cómo va a eliminarlos?

–En cuanto me hallan fusilado a unos cuantos centenares verás tú como enseguida comprenden como soy yo de subliminal

Ring, ring, ring, ring, ring, ring...

– ¿Cuál es? ¿Cuál suena?

–El negro, presidente

–Enemigo, no me digas más. Vete preparándome otro Martini mientras me ventilo a este. ¡Aló! ¿Con quién tengo el gusto…?

–Con el timonel supremo de la revolución cultural imparable y verdadera.

— ¿Y a que debo el gran honor de su comunicación personal?

—Pues a que tenemos todos nuestros misiles armados, preparados, y listos para ser lanzados hacia su espacio vital inmediatamente.

— ¿Y eso por qué?

—Porque su decadente e inmoral modo de vida nos ha llevado directamente a la victoria final. De un solo golpe terminaremos con la vida desigual e individual; y con su imperio colonial

—Pero usted sabe que a la más mínima señal reduciremos su nación a un puro cenizal.

—Nos da igual; ya vivimos bajo tierra y sabemos lo que es pasar hambre. Esperaremos a que vuelvan a crecer las amapolas en la superficie. Pero ustedes, en cambio, viven en casitas de cristal

— ¿Nos está amenazando? Le advierto que en cualquier momento puedo apretar el botón nucleal

—Nos da igual. Estamos todos de acuerdo en seguir esta línea de acción principal

— ¿Todos? Pero si sois más de mil millones de…

—Lo estoy yo con mi timón y todos tan contentos; y voy a pulsar el botón inmediatamente

— ¿Puede esperal un minuto? Me llaman por el otro canal

—Uno y cinco también; total, ya sabe cómo van a acabal.

—Mi preciosa primera ministra, me temo que tendremos que suspender nuestra cita secreta y puntual sine die

—No soy la rubia exuberante si no el caudillo imperante y marcial ¿así que estaban conjurándose en mi contra? Su traición resultará fatal; voy a soltarles todo mi poder termonucleal

—Pero, espere, espere, no se precipite y destruya de un plumazo su imperio austral. Yo también tengo el botón a mano. ¡Soltaré sus cabezas un fuego infernal!

—Me da igual; ya vivimos bajo el hielo de nuestro inmenso glacial. Menos gastaré en la calefacción central. Pulso ya mismo.

—Espere, espere, espere un minuto que tengo que consultal. No se enfade caudillo; si total, la vida sigue igual. Un segundo que cambio de canal. (Y, tú, lacayo, tráeme rápido otro Martini)

—Se lo concedo; pero que conste que me ha sentado fatal. Yo siempre invitándole a mis cacerías de fieras y al sacrificio ritual y anual del himen de cien doncellas en honor de mi espíritu inmortal ¡Y usted me lo paga con un breve intercambio carnal con esa rubia artificial!

—Calle, calle, no siga, mi dictador actual, que ya me está rebosando el lacrimal. Un segundo.

—A ver, mi pichurrina, que me estoy poniendo como un animal: dime algo muy sensual

—Sensual, sensual no sé si será, ¡se ha vuelto a equivocal! pero podría sentarse encima de mi timonel buscando la postura apropiada. Ya me han hartado ustedes los insaciables sexuales y pulso el botón.

—Y tú también me has encabronado, homosexual, y ya estoy pulsando recíprocamente (¡qué pasa con el Martini! Hace una hora que lo pedí) ¿Dónde está mi apasionada primera ministra? (¿era el negro?) ¿Sabrosona?

—Pulsando su enorme pulsador austral, traidor y fetichista presidente boreal. ¡Otra vez te equivocás! (Y encima homofóbo, insensible, y anormal. Pues ahora voy y

125

lo rompo, lo rompo, y lo rompo. Ves, ya está, ¡pulsadísimo!)

−Tampoco era éste teléfono ¿dónde habré metido a la rubia fenomenal? ¡Aló! ¿Quién vive?

−Hasta ahora todos vivíamos como rajás y vas tú y lo echas a perdel porque no ves con quien hablas. Yo también pulso y que se vaya todo a tomal pol…; que estoy harta de gastarme el sueldo en la pelu.

Atención, atención, orden inmediata: ¡Todos a sus platillos volantes que salimos pitando hacia el planeta Germinal! Esto no nos lo podemos perdel: ¡Se van a incineral! ¡Todos a sus platillos! ¡Todos a sus platillos! Partimos de inmediato. Partimos de inmediato. ¡Ya!

Fin

Y nada más, gansos; espero haberos arrancado una sonrisa.

Hasta la próxima. Chau.

NOCHE DE SAN ROQUE EN LA MONTAÑA

En este tiempo de estío y noches tropicales qué mejor, pensé yo, que escribir un cuento recordando aquellas fiestas de pueblo que se hacían por toda la geografía patria.

El lugar es un pueblo imaginario de la montaña cantábrica y el tiempo es hace más de treinta años.

La situación es una mirada melancólica a unos tiempos singulares y fantásticos.

Espero vuestra opinión.

Vayamos con la historia.

La vieja locomotora de vapor ronronea y se ahoga por las cuestas montañesas arrastrando un viejo tren de coches de madera que algún día lejano trajeron a estos valles indómitos desde el salvaje oeste norteamericano. Al llegar al apeadero los viajeros se disponen a descender rápidamente antes de que el humeante convoy emprenda su marcha de nuevo.

(Pero, ¿qué ocurre? Se suponía que aquí estaría la peña fiestera del pueblo para recibir a los gañanes que se han ido a vivir a la capital ¡y solo hay un abuelo! Con boina y cacha, sentado a la sombra, y mirando al cielo)

— ¡Hola, abuelo! Soy Tony, el sobrino de la tía Pary, ¿dónde está toda la gente? ¿Qué pasa con la música que no suena? ¿Cómo no ha venido nadie a recibirnos?

—Están todos por el monte; buscando a unos chavales que han desaparecido. Han llamado incluso a la guardia civil. Todos los del pueblo y los que han venido a la fiesta están rastreando los robledales antes de que se haga de noche.

— ¿Cuántos críos son y desde cuando faltan?

—Dicen que serán por lo menos siete y no se les ha visto después del desayuno. Parece que se les haya tragado la tierra. Tu tía te dirá cómo ha sido la cosa pues fue de las que dio la alarma. No ha comido nadie en el pueblo buscándoles por todas partes.

— ¿Mi tía? ayayay, ¡mis hermanos!

— ¿Tus hermanos? Pues corre, que se está poniendo de tormenta.

Apenas entra por la puerta del gran caserón y deja su bolsa en un rincón encuentra a la tía sentada en una esquina de la mesa de la cocina con la cabeza entre las manos y llorando.

—A ver, ¿qué ha pasado aquí?

—Los niños; tus tres hermanos y cuatro amigos. Después de desayunar salieron a jugar y ya nadie les ha visto. Han desaparecido. Está todo el pueblo buscándoles por el monte y por todas partes. Tu tío está como loco; ya llamó a la guardia civil y está por llamar al ejército antes de que se haga de noche.

Ya va el hermano mayor saliendo en dirección hacia la iglesia del pueblo y de ahí a los montes cercanos cuando, súbitamente, recuerda sus propias andanzas de niño en el pueblo.

Adosado al gran caserón familiar se encuentra el viejo pajar que llevará un siglo sin utilizarse; la zona prohibida para los niños. ¿Qué mejor lugar del mundo para esconderse el día de la fiesta del pueblo? Y hacia allí dirige sus pasos. El viejo portón de madera sigue cerrado y el candado intacto, tal y como suponía, pero, alzando la mirada, recordó la ventanilla que comunica el desván de la casa con el pajar.

A la carrera sube los escalones del caserón familiar hasta alcanzar la escalerilla de madera para subir al desván; le tiemblan las piernas y el corazón se desboca pero la intuición le guía. Sube al desván y en cuanto sus ojos se acostumbran a la escasa luz presente encuentra lo que buscaba: un rastro de pequeñas pisadas en el polvo del suelo conduce a la pequeña portilla de paso hacia el abandonado pajar. Comprueba con calma que la puerta se abre con facilidad y asoma la cabeza antes de entrar en la zona prohibida.

Apenas se vislumbran sombras entre las pacas de paja reseca y se escucha el gorjeo de las palomas. Entra con calma, mirando bien dónde pisa en ese roído suelo de madera carcomida y, plantándose firmemente en el centro del piso superior, da una palmada con todas sus fuerzas. Resultados instantáneos. Las palomas, asustadas, comienzan a revolotear de aquí para allá causando un alboroto tremendo; al segundo siguiente ya escucha a su hermanita gritar despavorida.

—Venga, chavales, os quiero a todos saliendo uno por uno y rapidito. ¡Que no tenga que sacaros yo a tortas!

De los rincones más escondidos del viejo pajar comienzan a surgir siete sombras que no pasan apenas del metro de altura y se dirigen hacia la puertecilla que con la mano les indica el mayorón. Una vez en el desván, con los siete rapaces rescatados de entre las pajas, asoma por el ventanal que da al patio y comienza a dar grandes voces:

— ¡Tías! ¡Confe! ¡Ya encontré a los niños! ¡Avisar a todos! ¡Están aquí!

Baja el primero por la vieja escalerilla y después pone a los chavales en fila y les hace desfilar hasta el patio. Están tiznados y cubiertos totalmente de polvo y brozas; de la cabeza a los pies. Les hace formar como cuando les lleva de campamento.

— ¡Mi escuadra! A formar. ¡Ya mismo! Alinearse. Ahí quietos sin pestañear. —Ninguno levanta la mirada más allá de la punta de sus zapatillas.

En escasos minutos el patio está lleno a rebosar. Llegan de todas partes deprisa y corriendo; la campana de la iglesia replica para avisar a los que andan por el monte. El sargento de la guardia civil tiene que poner orden e imponer calma casi pistola en mano. (¡Yo los mato! ¡Los mato! Es casi lo único que se logra entender entre el griterío) hasta que por fin llega el tío Jujana; serio, lúgubre, tétrico. Les mira muy serio, los críos cayados, alguno le observa por el rabillo del ojo, silencio general; y después de un eón de estar pensándoselo les suelta un: ¡castigados!

Y se arma la termolina. Los padres se abalanzan raudos sobre sus respectivos recentales y da comienzo el festival de la castaña. Los padres zumbando a los críos en la cabeza, cachete va cachete viene, las madres con la zapatilla (¡te voy a poner el culo echando sangre!)

Y sus hermanos pequeños que le miran; la cabeza gacha, pero mirando. En cuanto hace el gesto de ir a soltar una bofetada al mayor de ellos ya empiezan a protestar, pero sin moverse del sitio ni levantar la mirada.

— ¿Por qué nos pegas?

— ¡Si no hemos hecho nada!

—Estábamos jugando al escondite.

— ¿Qué no habéis hecho nada? ¿Qué os dijo el tío de la zona prohibida? ¿Y si se derrumba qué pasa?

—Eso no se derrumbará nunca. Tendrá mil años y no pasa nada porque entremos.

Dicho y hecho; no termina la peque de decirlo y todos los presentes se quedan paralizados por el espanto. Con gran estruendo y levantando una polvareda tremenda el pajar que tienen justo detrás, a unos pocos pasos, se viene totalmente abajo.

A los gritos de los adultos se unen los aullidos de los guajes bajo las collejas descomunales y los zapatillazos. Los guardias civiles acojonados (Señora: ¿podría darnos un vasito de agua?)

—Comienzan las fiestas como dios manda, ¡con cohetes! (El tío Jujana sale en socorro suyo; no le vayan a soltar también alguna) A tus hermanos les va a caer una buena tunda con las tías; y otra a mayores cuando vuelvan a casa con tus padres. Gracias por encontrarlos; seguro que tú hacías lo mismo a su edad. Anda vete a cambiarte; dentro de un rato empezará el baile y seguro que te estarán esperando esos gañanes que tienes de amigos. ¡Señor, señor! Diez minutos que hubieses tardado en sacarles y ya estábamos encargando ataúdes. Y venimos al pueblo a descansar.

131

Una hora más tarde, ya repuestos del susto y vestidos de fiesta, la plaza del pueblo se va llenando con los parroquianos que se van agrupando alrededor de los puestos y las tascas de las peñas.

— ¿Me pones una caña, guapetona?

— ¡Pero si es Tony! (¡Pummm! Palmetazo en la espalda y la cerveza saliendo a chorro) ¿A que no nos habías visto? ¿Qué es eso de andar a cañas? ¡Aquí se toman cubatas! Ven, que está aquí toda la peña.

Los siete magníficos, los tíos más pendencieros de toda la montaña cantábrica y más allá, le esperan aviesos y zorrunos escondidos al lado de la tómbola.

— ¡Vaya, pero si ha venido el guaperas de la capital!

—Mira tú, ¡y con pantalones blancos! ¿Estás de San Fermines?

— ¿Y esas zapatillas de marca?

—No hagas caso, Tony; sabes que siempre estamos así. Toma un cubata.

—Por un casual, ¿no vendrás pensando en ligar en este fiestorro popular?

—Pues a eso mismo vengo. A por el primer premio. Vosotros os rifaréis a las chochonas; como siempre. La que salga reina de las fiestas pasará la noche conmigo; os aviso.

—No te lo crees ni tú. Elegirán a la niña más pija que haya venido y tú ahí no rascas bola.

—Lo vuestro es sacar a pastar las vacas y sacudirlas con la vara. ¡Así sí que vais a ligar! ¿Qué sabréis de toreo fino y resuelto? Pero si andáis todavía en alpargatas. ¿Me pones un cubata, chatina?

—Pónselo, pero con mucho hielo que va a tardar en tomarlo. –Le dice a la camarera el grandullón de la peña; y girándose hace un guiño malicioso a los otros.

En menos que canta un gallo ya tenemos al Tony fanfarrón llevado en andas hasta el pilón y ¡zaca! Inmersión total. De submarino amarillo.

—Pero, pero, ¡seréis cabrones!

—Bienvenido a la fiesta de los quintos del 79. Ya eres uno de los nuestros.

—Anda sal de ahí, que eso no es la piscina hispánica.

—No, es donde traemos las vacas a abrevar.

—Justo donde tenías que empezar la noche, ¡torito!

—Hala, venga; deprisita a casa de tu tía a cambiarte. Y mira bien dónde pisas que vas chorreando.

—Y no tardes mucho que la próxima ronda de cubatas la pagas tú.

Vuelta de nuevo a casa. A cambiarse deprisa y corriendo. ¿Los pibes están acostados?

— Pero, ¡dúchate! que hueles a establo. Ya te tiraron al pilón.

—Ya lo sé, tía. Este año me tocó. ¿Dónde dejaría la colonia? ¿Y la brillantina? Estos me las pagan, seguro que me las pagan.

Media hora más tarde (la echa larga el apolo de pueblo) de nuevo arrimándose a la tasca. ¡Ahí va! Un relámpago; habrá que darse prisa no sea que…

— ¡Qué rechulo! Ahora nos viene con pantalones morados

—Así me voy a poner esta noche. ¿Se sabe ya quiénes son las reinas de las fiestas?

—Por ahí vienen luciendo banda.

— ¡Qué te decía yo! Las tres son de la capital.

133

— ¿Conocéis a la reina?

—Sí, hombre; es la hija de don Pimpón. El que viene detrás suyo. ¿No van a tu piscina?

—No sé a cuál irá, pero esta noche la enseño a nadar a mariposa. (¡Cómo está la reina! ¡Ayayay!)

Y comienza el baile. Tachín, tachan. Los Cirolines en concierto un año más. El más joven no baja de los sesenta. ¡Esto es discoteca y lo demás tonterías!

—Bueno, a ver; este año a quien le toca hacer de rebeco

—Ya está el Tony danzarín y marchoso. De rebeco va tu primo Paco que salta por todas que se las pela.

—Pues al corro ya mismo. ¿Quién hace de gocho?

— ¡Todos menos tú! Joder ya con el repeinado.

—Pues venga, revolviendo la pocilga y me apartáis la reina a un lado.

—Eso está hecho. Pero tú avisa cuando empieces a torear para estar nosotros al tanto.

—Para eso no me hacéis falta, subalternos. Venga, corriendo, que se escapan las gorrinas.

Muy felices se las promete este galán de medio pelo atusándose el cabello, apurando su cubata y enfilando de seguido hacia la guapa oficial del festejo. Pero, ay amigo, apenas está a medio metro de la morena-castaña teñida de nórdica (¿Pero ésta no sabe teñirse las cejas? ¡Qué filón aurífero! Muero por tu boquita de fresita ¡Mírame a los ojos!) Solicitando cortésmente ser su compañero en el baile de la patata (O lo que sea que toquen; porque debe ser de los tiempos de cuando la guerra de Cuba) y al tiempo recibe un fuerte golpe en el hombro que le desplaza dos metros más allá.

– ¿Pero quién cojo…?

Antes de que termine la frase ya han saltado como tigres sus amigos, que estaban al acecho, sobre los que le han empujado. Queda inaugurado este pantano. Olimpiadas de puñetazos y batacazos.

– ¡No te quedes mirando! ¡Son los de Felechas de Abajo!

– ¡Como tardes mucho te pierdes el convite!

– ¡Me lo voy a perder! Donde comen siete comen ocho. ¡Que no pare la música!

A la bulla se unen los mozos de los demás pueblos para quedar saciados y contentos. (Hombre, no todo es darse puñetazos; se para, se toma un cubata, te limpias la sangre, y vuelves al combate) Así esta de cara la carne de ternera montañesa. ¡Lo que hay que hacer por un filete! Y la de toro nunca se puede comer dura; hay que macearla siempre bastante.

Al cabo de media hora o así vuelven las aguas a su cauce y se pasó la barahúnda. Suena de nuevo la orquesta y se llenan las tascas.

– ¿Queda cerveza?

– ¡Pon ahí ocho cubatas! ¡Que no somos alemanes!, mandilón.

–Nos han dejado guapos a los ocho.

– ¡Bah! Así estamos siempre; y quítate el pañuelo de la nariz.

–Tu deja que chorree lo quiera que ya parará y secará antes.

–Eso; dejo que la nariz chorree y se me seque el cerebro.

–Total, para lo que lo usas. Tomate el cubata que verás cómo se cura enseguida.

135

— ¿Qué hago? ¿Lo hecho por la nariz?

—Venga, aprovecharos que hemos quedado nosotros solos en todo el baile.

—Anda, Tony, ponte este algodón en la nariz. Verás que pronto se seca. Mira que sola tienes a la reina. (Le dice la camarera que no le ha quitado ojo desde que apareció por el baile)

—Ya voy por ella. Empieza a tronar en la montaña.

—Quieto y espera, la tormenta sigue lejana. Tomate el cubata tranquilo y que se vaya secando la sangre; o vas a manchar el traje de cenicienta que lleva tu reinita.

—Lo mejor son los zapatitos de charol con calcetines blancos que lleva. ¡Eso me pone…!

—Ya lo sé, verraco. No ves que te conozco de otros años. Calma, torito bravo, que tienes tiempo.

Bien adobaos de sangre y cubata, curtidos en mil batallas, y en rapar yeguas y rocines, salen los siete magníficos a buscar su recompensa a la manera mejicana:

— ¡Tócanos un corrido!, trompeta. Que hay jarana. — Y saltan al copo de las afortunadas supervivientes. Paso corto, vista larga, ¡y garras de gavilán!

¿Pero qué hace el Tony Mañoso? Aferrado todavía a la barra, apurando el cubata, colocando bien el estoque en sus apretados pantalones campana y sacando pecho (¡arranca!) y se va a por la reina meneando su cadera, meneando su cadera.

— ¿Dónde va el garañón tan corriendo? No, no puedo, estoy con mi mamá…

—A disfrutar del corrido con su reina; ya sabes: ¡Cuando veas la banda pasar…! Tarariro rarí, tarariro rara… Cógeme la mano y déjate llevar.

La noche transcurre hermosa y divertida; truenos y relámpagos lejanos iluminan el cielo encapotado. A los sones de "Adiós, mi corazón", la banda musical termina su corta actuación y recoge los trastos. Mozos y mozas van también recogiéndose por los oscuros callejones hacia sus casas.

En un rincón junto a la fuente observamos enfrascados en besitos y achuchones a nuestra pareja de tortolitos.

− ¿Habrá pájaros en Venus? (A ver qué hace)

−No serán tan bellos como tú (Hora de entrar a matar)

− ¿Habrá fieras en Venus? (Este se la va a dar)

−Yo sería tu leopardo (Achucha, achucha; que se derrite)

− ¿Habrá…?

−Pero, bueno, ¿Tú qué? ¿Estudias astronomía? (Esta es de postín)

−Cuando termine el bachillerato pienso hacer puericultura; y enseguida casarme (Este es un tolón)

− ¿Y eso? ¿Tan joven? ¿Tú que quieres ser en la vida? (Verás cómo canta)

−Yo quiero por marido un hombre guapo y rico, con coche y casa grandes; que me compre muchas cosas y consiga todos mis deseos. (Ya está echado el anzuelo)

− ¡Soy tu hombre! Empiezo en octubre arquitectura. Ganaré millones. (¡Es una auténtica criatura parasitaria! Un chocho loco ¡No trabajará en su vida! Genuina)

−Entonces esperaré a que termines la carrera como espero a que salga el lucero del alba

—No esperes tantos años que ya tienes tu lucero a mano. Mira, lo puedes palpar y acariciar, ¡pero con suavidad, eh!

—Pero serás… ¡guarro!

Y va y sale corriendo con su banda y diadema y zapatitos y todo; como un auténtico cohete de feria.

Desolado galán, triste Tristán tocándose el arpa el solo; caminando cabizbajo hacia la casa familiar dando patadas a las piedras y suspirando sin parar, ¡otra noche sin mojar! ¡Y este calor! ¡Este calor! Va a ser gorda la tormenta que está a punto de caer.

Clic-clic, clic-clic, (¿Unnnn?) clic-clic, clic-clic (Suena como botellas entrechocando) clic-clic (Va a ser en ese callejón)

— ¿Quién anda por ahí?

— ¿Te gustaría tomar una cerveza?

— ¿Pero quién se esconde…? (¡Ay va!, la camarera) ¡Ah, bueno! Gracias, estoy seco.

—Será la boca por el morreo que os habéis dado, pero el saco lo tendrás bien lleno de cuajo; os estaba viendo, vaya calentón has pillado con esa tonta del culo que ha salido corriendo. Coge tu cerveza y te la tomas de camino que me vas poner contenta despacito, despacito. Vamos al pajar de mi abuelo.

El silencio reina en las villas y pueblos de la montaña en la noche oscura y tremenda. Y, bueno, ya se sabe: en las noches de San Roque, por los pajares, los mozos y las mozas duermen a pares. ¿Duermen?

—Aprieta gañán ¡que por dentro estoy vacía! ¡Prieta!.

—Vale; y se derrumba que se derrumbe.

Y entonces, la tormenta inmensa, desató su furia con una centella prodigiosa abalanzándose sobre el techo del pajar.

—Serían por los menos 200.000 voltios los que explotaron; justo en el momento preciso.

— ¿200.000? ¿Cuándo has tenido tú tanta chispa? No hagáis caso a vuestro tío que es un cuentista y empieza a chochear.

—Serían cuatro voltios menos; que del pajar solo quedan cenizas. En realidad no queda ni un pajar en pie en este pueblo. Sí, vale, podéis salir con las bicis a dar una vuelta. ¡Pero no marchéis muy lejos! Que no estoy ya para dar pedales. (¡Qué fiestas se hacían en estos pueblos! No hace tantos años de eso. Ahora no queda nadie, ni vacas, ni rocines, ni ovejas; solo grillos en los prados. Ya pueden caer centellas, ya; que no quedan enamorados)

Eran otros tiempos y otras las gentes, y no puedo evitar mirar con melancolía aquellas horas cuando una tenue esperanza renacía en los corazones españoles y estábamos dispuestos a compartirla con todo el mundo.

Cómo cambian las cosas; y cuanto hemos hecho el tonto.

En fin, hasta el próximo cuento.

Fin

TREN MARAVILLOSOSO

Como estamos en tiempo de canícula y se lleva mucho el revisar viejas películas y releer viejas historias me tomo la licencia de reponer un cuento fantástico.

Tren maravilloso es un cuento escrito para mi libro Camino de las luciérnagas que no salió en la edición publicada en papel. En él aparece un personaje muy curioso, un peregrino como aquellos que aún atravesaban la España del siglo XIX, de santuario en santuario, hasta Compostela.

Es una especie de homenaje hacia todos ellos. Que disfrutéis con su lectura.

Llega en la tormentosa noche un viejo peregrino, cargado de cruces y dolores, el antiguo bordón de castaño en su nudosa mano, desde la inmensa estepa polvorienta, atravesando el camino entre silos de grano y maquinaria agrícola, a la estación luminosa y un guarda de seguridad le da el alto apenas pisa el andén: ¡Aquí no queremos mendigos!

A punto de volverse por donde ha venido un tren numinoso pasa cual exhalación por la vía primera. ¡Lo

141

siento!, mendigo, le dice el guarda, casi te lleva por delante. Gracias a Dios, a mí no me ha llevado ese que ha pasado, pero entre vías hay un cuerpo tendido. Bajan los dos a mirar y encuentran un hombre con la cabeza separada del cuerpo. ¡Tengo que llamar a la policía, a seguridad, a...! ¡Haz lo que debas! Pero primero hay que hacer esto, que a donde este se ha ido gran falta le hará; se arrodilla y tomando una de sus cruces la posa sobre la frente lívida del cadáver y se pone a rezar. De inmediato la estación se queda a oscuras y un silencio portentoso les alcanza poniéndoles la piel de gallina.

En la lejanía escuchan como llega pitando un tren de vapor echando chipas de luz y amor por la chimenea. Los vagones son de madera y el vapor que desprende la caldera lo inunda todo. Para ante ellos y maquinista y fogonero bajan de la máquina y se hacen cargo del cuerpo inerte. Ayudados por guarda y peregrino suben el cadáver a la cabina y lo echan a la caldera llameante.

Una luz portentosa, de un fulgor imposible, un blancor inimaginable surge entonces. A punto de saltar de la máquina, espantados, medio ciegos, ven surgir sobre las chispas que la chimenea arroja una imagen inmensa y luminosa de la cruz que portaba el peregrino y en el fuego terminó. Escuchan entonces las voces de los pasajeros asomando por las ventanas que gritan: ¡Arranca de una vez! Que ese viene ya con nosotros.

Una vez de nuevo en el andén guarda y peregrino ven partir tras un largo y potentísimo pitido el tren cargado de obreros que van el por el mundo recogiendo los humanos desechos del divino esfuerzo. Con sus gorras en la mano les saludan asomando por las ventanillas, sus caras tiznadas, sus ojos que refulgen en la oscuridad, sus voces de ultratumba, un tren casi infinito que acelera a la velocidad de la luz y se desvanece en instantes.

¿Qué vas a hacer ahora, abuelo? Después de ver esto. Seguiré hacia Compostela. Siempre estoy yendo al Patrón. ¿Y tú? No sé. ¿Qué haré yo? Y se queda mirando al encapotado cielo escuchando el canto de los grillos de los campos cercanos.
Serán sueños.

Fin

EL LIRIO ROJO Y EL SEÑOR DE LOS ALFANJES

Cuento para chicos de enseñanza elemental

Hace mucho, mucho, muchísimo tiempo en un rincón de este planeta existió un imperio en todo el mundo temido y evitado pues a una voz de su Señor un millón de brillantes alfanjes se alzaban al cielo. De mar a mar, por desiertos y montañas, arroyos y lagos, todos los grandes ríos, se rendían ante la voluntad inflexible del Gran Sasaman Milumulín.

Cada primavera montaba en su negro caballo enjaezado de perlas y con su alfanje en la mano gritaba a sus terribles huestes:

— ¡Jalá, Jalá!

Y de inmediato se alzaba al cielo un bramido terrible:

— ¡Jalá, Jalá! ¡Jamurabí, Jamurabí!

Y prestos salían sus tropas imparables hacia las montañas del Norte y sus verdes pastos.

Miles de soldados, a pie y a caballo, atravesaban las llanuras de cereales y se lanzaban hacia las montañas violando mujeres, matando o castrando a los hombres, robando y quemando cualquier obra humana que a su paso encontraran hasta llegar a las playas del Mar del Norte.

Dejaban abrevando sus caballos en las tumbas de sus enemigos vencidos y pisando las arenas doradas, un año más, alzaban al cielo sus alfanjes brillantes y sus verdes estandartes gritando su tremendo:

– ¡Jalá, Jalá! ¡Jamurabí, Jamurabí!

Regresaban victoriosos y saciados de sangre atravesando de nuevo las montañas, destrozando aún más cuanto en pie encontrasen para volver a sus extensas campiñas y plácidas huertas donde sus mujeres y niños les esperaban. El botín esplendido y la destrucción asegurada hacían que sus sonrisas llegaran de oreja a oreja.

Inenarrable era el recibimiento que obtenía el Gran Sasamán Milumulín arrastrando tras de sí un cortejo de doncellas robadas y mancilladas.

Triste estaba la reina, lloraba. En una oscura habitación de la más alta torre de su escondido castillo por la ventana observaba el vuelo de las palomas mientras bordaba una ligera capa. El bosque renacido, verdísimo y leve apenas le respondía con el canto suave de algunos pájaros silvestres.

Está triste la reina, llora. Las noticias, una vez más, una primavera tras otra, son desoladoras. Todo se habrá perdido; incluso él, también él, su rey, habrá, tal vez, desaparecido, o muerto, en alguna algarada.

Llora la reina, ora silenciosa; recogida en su corazón su triste alma no alza la mirada más allá de sus agujas tejedoras. Reza, ausente, ensimismada. Sentada en su alta silla de oscura madera reposa su cabeza en el alto respaldo; entornando los ojos aún percibe la prístina luz que por la ventana se cuela. De repente algo la sorprende: a su lado escucha música, música que surgiera de una fídula; abre los ojos y a su derecha, como surgido de la nada, envuelto en un orbe dorado, ve un músico vestido de un blanco radiante que extrae dulces notas de su pequeño instrumento. Extasiada y asombrada cae de rodillas y se humilla, implorante, ante la aparición.

Así la encuentran sus damas cuando segundos después acuden a su estancia extrañadas por la tonada, llorando arrodillada. Horas más tarde ya calmada y repuesta relata la reina a sus damas y confesor todo lo que recuerda de la aparición, el aspecto del tañedor, sus blancos hábitos, su bonete color rojo sangre y la canción que sonaba. Hay discusiones y charlas livianas sobre el tenor y fin de la aparición que ha tenido la reina cuando unos sonidos conocidos, de cascos de caballo, les hacen guardar silencio. La entrada del alférez real en la estancia anunciando la llegada del rey pone a todos en pie y se da por terminada la animada charla.

Apenas un beso y ya comienza a desprenderse de la pesada cota de malla y el duro casco; en su estancia privada charlan los reyes de las jornadas pasadas mientras el rey se desprende de su coraza. Junto a la silla de la reina tan solo hay una mesa con un alto jarrón lleno de lirios blancos, algunas telas finas cubren las paredes y las ventanas permanecen abiertas a la noche primaveral.

—Me gustaría creerte, pero no será otra cosa que un sueño. Te quedarías traspuesta.

147

– ¡Que no! ¡Que lo vi tal cual te veo a ti!

–Si fuera verdad; si hubiera un gramo de verdad en lo que dices…

– ¿Qué harías, mi rey?

–Después de ver tanta sangre, después de tanto horror… ¡Si fuera cierto que algo así puede suceder! ¿No habrá un santo que nos ayude?

El rey se desploma, no puede más, inca la rodilla en el suelo y apoya la cabeza sobre su larga espada, la mirada baja, derrotado, angustiado, solo, y se siente decir:

– ¡Creo! Por ti, mi reina, creo.

Y se queda calmo y triste mirando al suelo. Cuando va a iniciar el ademán de levantarse escucha una extraña y profunda voz exclamar:

–Porque has creído, Ramiro, nunca volverás a perder una batalla. Como señal de Mi Palabra y signo de Mi Reino lucirán tus armas desde ahora un lirio rojo.

Se incorpora como una flecha el rey blandiendo su espada y buscando el origen de la estentórea voz; pero tan solo encuentra a su esposa tras él.

– ¿Tú has oído eso?

–Sí, perfectamente. Que luzcan un lirio rojo tus blasones y estandartes y nunca perderás una batalla.

–Pero, pero, ¡no existen los lirios rojos!

–Pues ahora sí. Mira los que hay sobre la mesa.

La noticia corrió, saltó y brincó de valle en valle y de aldea en aldea. En cuestión de días en todas las casas y torreones, en cada cruce de caminos, en cada puente sobre cualquier río aparecía pintado el signo del lirio rojo. Y con la llegada del verano vinieron hombres armados desde todos los rincones del reino para buscar al rey y partir tras su alto estandarte. Un gran paño blanco y en su centro tres lirios rojos. Y partieron hacia el reino del Sur.

Rápidamente los espías mandaron mensaje al Gran Señor de los alfanjes.

– ¿Guerreros politeístas en el Norte? ¡Bah! Que van a poder hacer con cuarenta mulas viejas.

Pasan los días y las noticias que llegan al sur son más y más inquietantes. Los guerreros del Norte no van en mula si no en veloces caballos y se multiplican. Despacha el Gran Señor Milumulín a sus mejores generales al norte con órdenes de exterminio total y definitivo mientras sigue gozando de la beldad de sus mujeres. Pero de ellos tan solo recibe, pasados unos días, sus zapatillas ensangrentadas.

Una soleada montaña los vigías encaramados en los altos torreones de la inmensa ciudad amurallada comenzaron a ulular al unísono la señal de alarma. Despertado el Gran Señor y recibiendo novedades mientras se baña manda formar a su imponente ejército a las puertas de la muralla.

Caracoleando en su brioso caballo negro alza al cielo su brillante alfanje y a su grito desafiante cerca de un millón de gargantas exclaman:

– ¡Jalá, Jalá! ¡Jamurabí, Jamurabí!

Se abren las negras puertas de la gran ciudad amurallada y como una inmensa marabunta verde miles y miles de guerreros comienzan a salir para dirigirse a los cercanos altozanos.

Horas más tarde los arroyos bajan un tremendo caudal de sangre; por todas partes hay montoneras de cadáveres, descuartizados, degollados, los cráneos machacados. Por las negras puertas entran los blancos estandartes sembrando un pánico instantáneo. Inmenso es el botín. Terrible la venganza.

A la mañana siguiente parten los guerreros del Norte conduciendo centenares de carros cargados de riquezas y doncellas de suave voz aterciopelada. Caminan silenciosos buscando los senderos y caminos que al Norte conducen, apartando constantemente riadas de heridos suplicantes y madres desesperadas. Parten al Norte, la voz callada.

La siguiente primavera por las calles de la maravillosa ciudad amurallada no hay jóvenes que se junten y aúllen; no hay alfanjes brillantes que lancen desafíos a las nubes que pasan. Y en los arroyos crecen por todas partes miríadas de flores; lirios rojos, implorantes.

Fin

PICNIC EN EL DEPÓSITO

¿Iremos esta noche subray?

−Esta tarde, antes de que se ponga el sol y venga la niebla, NC. Será hoy o nunca

−Pero, ¡podrían vernos! CM.

− ¿Quiénes? ¿Los otros? ¿Los Petsis? Eres un miedica ¿Cuánto hace que estamos solos? Que no les oímos hablar. No hay nadie en ningún sitio y necesitamos comer; cualquier cosa o moriremos. Abrígate bien; saldremos pronto.

Caen los últimos rayos de sol mientras la niebla avanza imparable sobre la urbe incógnita cuando los dos subrays se acercan temerosos a una vieja alambrada. Hay un gran orificio y por él se cuelan hasta alcanzar un haz de vías ferroviarias. Aprovechan la escasa luz para correr hacia su objetivo.

Es la tercera vez que se atreven a entrar en la zona desconocida y peligrosa; un paraje, un lugar sin nombre en medio de la ciudad abandonada. Corretean como ratas encogidas paralelos a la tapia hasta llegar a unas casetas semiderruidas. Es el punto hasta el cual se atrevieron a llegar las otras dos veces anteriores; pero hoy irán más allá.

El hambre y la necesidad de encontrar algo valioso impulsa sus piernas con más fuerza que los horrores que

151

han vivido. Siguen caminando abandonando la seguridad de la tapia de ladrillos hasta acercarse a unas máquinas que les resultan por completo desconocidas. Arrimándose cautelosos van de una a otra intentando encontrar algo reconocible, inteligible, valioso, o mejor aún: comestible.

De las máquinas solo entienden que unas son grandes y pesadas, otras largas y fusiformes; se dirigen al primero de los edificios pero las puertas están cerradas, y también las del segundo; no hay por donde entrar. Pero las del tercero consiguen abrir sin esfuerzo; entran cautelosos.

A ambos lados hay escaleras pero de frente hay unas puertas abiertas, y entran a mirar. Encuentran una espaciosa sala con montones de ropa por todas partes y al fondo ¡una cocina!

Eso sí que les resulta familiar. Hay unas pequeñas máquinas a un lado cuyo funcionamiento ignoran pero en el fregadero encuentran útiles de cocina similares a los que ellos utilizan ¡cuando encuentran algo que poder cocinar! Toman un cuchillo y un sartén cada uno y abandonan la estancia, suben por las escaleras y encuentran otra gran sala llena de grandes cajas metálicas, abiertas, enmohecidas y forroñosas; ropas, ropas por todas partes. Son prendas muy grandes para ellos ¡qué tamaño tendrían!

Aquí tampoco hay agua potable, tan solo algunos charcos en el suelo producto de las goteras. Bajan por las escaleras contrarias y salen del edificio. La niebla, la niebla está cada vez más cercana. El miedo les impulsa a saltar una verja metálica y escapar raudos a su escondite pero lo alta que es y los crujidos de sus vientres pueden más y siguen caminando pegados a las paredes del edificio siguiente.

Ya están a las puertas del gran edificio; temerosos entran por una puerta estrecha que, casi milagrosamente, está abierta. La maravilla y el espanto les están esperando. No hay más que piezas metálicas y máquinas extrañas cubiertas por una gran capa de polvo; charcos de agua y aceite oscuro en el suelo y escombros caídos del techo por todas partes.

Un silencio sepulcral, un frio de muerte, puertas que se golpean debido a las rachas de viento gélido que azotan el edificio. Tal vez algún sonido de ratas corriendo huidizas corriendo por los fosos.

– ¡Si pudiéramos cazar alguna!
– ¡Tengo un hambre!
Salen correteando a un patio posterior donde observan otros edificios más pequeños, a punto de derrumbarse; van de aquí para allá como ratoncitos buscando migajas.

Nada, máquinas y más máquinas, escombros, chatarra, restos de unos seres ignotos y desconocidos.
–Esto era de los Petsis, ¡Que ya no queda ninguno! Miedica
– ¡Vamos dentro! ¡Vamos dentro!
– ¿Has visto algo? ¿Has visto algo? ¿Una rata?
–No, mira, mira la niebla, ¡está muy cerca! La niebla que mata.

Entran de nuevo en la nave grande y cuarteada y corren, tropiezan, saltan, yendo de un lugar para otro buscando algo que pueda serles de utilidad para protegerles del frio o, mejor aún, para calmar los ruidos de tripas; dar de comer a los gusanos que tienen en los intestinos. Pero

153

es en vano; tan solo encuentran chatarra y trapos engrasados.

La desesperación. ¿Qué nombre le da a eso el alma? No lo nombra; es algo que al bicho le pasa. Un día el bicho muere, y se olvidó la causa.

Ya van los subrays raudos de retirada alejándose del gran edificio, se trastabillan, tropiezan el uno con el otro; están agotados. Hay otra nave más pequeña y aislada en su ruta de escape pero también las puertas están cerradas. El mundo se ha cerrado; esto se acaba.

A un costado hay un gran montón de grandes traviesas de madera oscura. Intentan arrancar algunos trozos; podrán hacer fuego (¡necesitamos calor! ¡Calor!) Pero el esfuerzo les derrota y uno de ellos cae de rodillas.

— ¡Levanta, NC, levanta! Viene la niebla, ¡viene la niebla!

—No puedo CM. No puedo más. Déjame morir, déjame morir ya.

— ¡Que la niebla ya está aquí! ¡Ya está encima!

—Quédate conmigo. Deja ya de correr, quédate conmigo.

—No puedo, no puedo, tenemos que seguir. — Intenta arrastrar y levantar como sea a su pequeño compañero pero no puede, también se desploma.

—Mira CM, ahí vienen los Petsis, con la niebla; los Petsis.

Entre la niebla vislumbran un grupo de espectros que caminan hacia ellos y se acercan lentamente. Llevan puesta la misma ropa vieja que vieron tirada en el primero de los edificios, las mismas grandes botas negras, y les están mirando. Van despacio pero directos hacia ellos. Uno de los subrays, CM, el más alto, se incorpora, suelta el brazo de su compañero, y sale corriendo espantado; el otro, el otro, cierra los ojos inhalando los primeros vapores de la niebla espesa.

− ¡Rata! ¿No es este uno de tus nietos? Exclama uno de los espectros, un tiarrón alto y fornido, mientras levanta en sus brazos el cadáver del chiquillo.

−No, me parece que es uno de los sobrinos del Alemán. Por ahí andará. Responde el aludido. –Despierta, niño, despierta. Le dice pasando su ajada mano de obrero viejo sobre el rostro del crio famélico consiguiendo que este abra los ojos.

−Tranquilo, nenín, tranquilo, ya pasó, ya pasó el dolor y el miedo. Le dice con voz calmada y suave una mujer de pelo rubio y desmañado. –No te preocupes, estás con nosotros, y nunca más estarás solo.

−Solo, solo veo niebla, veo niebla, pero escucho voces. Escucho gente hablar, ¡pero no veo a nadie!

−Tranquilo, nenín, ya nos verás. Tranquilo, ya estás en Casa.

Fin

Este cuento es un sentido homenaje a los grandes escritores rusos Arkadi y Boris Strugatski.

LA GRAN MÁQUINA DE PIEDRA

¿Conocéis la auténtica, auténtica, historia de la pirámide de Keops?, ¿la que mandó elevar el mayor faraón que jamás existió, el divino creador Kufu?

Habréis leído y oído algo, carne de cañón, pero ignoráis su fábrica y función. Os adelantaré algo.

En primer lugar tenéis que saber que la gran pirámide fue levantada muy cerca del río Nilo a propósito; no solo se construyó un gran puerto para la carga y descarga de materiales también algo más: mediante un canal podían retirar cuánta agua del Nilo quisieran y conducirla justo debajo de la inmensa edificación. Es ingeniería de la edad de Bronce y no os quiero aburrir con los detalles.

Durante años, décadas, miles de obreros trabajaron en la enorme fábrica para levantar la más increíble máquina que jamás vieron los siglos.

¿El objetivo? Sanar la tierra y a toda la humanidad.

¿Cómo? Creando un increíble volcán que extraería la energía de la tierra enferma, pues por entonces volcanes, terremotos e inundaciones asolaban la tierra, y la mandaría al universo para poder llenar después el planeta de luz y de amor.

¿Quién? el faraón, el primer servidor de los dioses aquí en la tierra, haría el sacrificio.

Y ahora viene lo bueno mis investigadores paranormales, atentos. Hemiunu, el ingeniero principal, estuvo planeando el asunto durante más de 20 años. El impacto iba a ser inenarrable. Para conmemorar los 50 años de paz y amor cósmico el más humilde servidor de los dioses, Keops, Kufu, o como lo pronunciaran entonces, invita a su pueblo a la fiesta del solsticio ante la gran pirámide.

Miles, incontables gentes de todo el orbe, acuden a la llamada del faraón. Corre la mejor de las cervezas de mano en mano y la gente canta y baila alrededor de la pirámide durante toda la noche.

El faraón y su real familia llegan en su barca celeste bajando por el Nilo. Descienden de la barca y se dirigen a un lugar de privilegio para contemplar el espectáculo.

A una orden de Hemiunu el agua comienza a pasar del Padre Nilo hacia el bajo vientre de la Madre Pirámide. Fuera presas.

Una vez el agua a presión entra en los conductos de la máquina comienza a ejercer una inmensa presión hacia arriba haciendo que la pirámide y los alrededores comiencen a vibrar.

Atención: ¡Hemos despertado a la Tierra!
¡¡Sana!! ¡¡Sana!!
Gritan un millón de voces mientras notan bajo sus culos y pies un pequeño y continuo terremoto.

Atentos, mis picapiedras, que habéis estado 20 años acarreando pedruscos inmensos: ¡la tierra despierta!

El alba se acerca y la tierra tiembla.

A una orden del faraón unos operarios comienzan a descargar zinc líquido y ácido clorhídrico diluido por unos disimulados conductos que llegan hasta la Cámara de la Reina. De inmediato se produce la reacción química: se produce hidrogeno. El gas sale a escape de la cámara de la Reina hacia la Gran Galería, que ya se está llenando de agua a presión que sube desde la cámara subterránea.

Solo queda prender la mecha y el hidrógeno entrará en combustión, produciendo una gran cantidad de calor. Calor que calentará el agua que subirá rápidamente hacia la Cámara del Rey.

Falta poco para el alba y Dios Creador y Padre de todas las cosas se va a mostrar con todo su esplendor a las buenas gentes de Egipto, aquí a los pies del faraón, nuestro Señor.

El sol está a punto de surgir en el despejado horizonte y la pirámide vibra, vibra como un volcán inmenso a punto de despertar.

¡Una flecha ardiente!

El agua, caliente y al punto del vapor, llega a la Cámara del Rey donde se le añade, por medio de sarcófagos de piedra rellenos de tintes, color y olor. Es semejante a un serpentín esta cámara real. Cuando el vapor de agua, que está golpeando el techo de la Cámara del Rey encuentra los conductos de ventilación por ellos se escapa hasta las troneras; Hemiunu controla el minuto y segundo exactos en que se está produciendo el alba y a una orden suya se abren las espitas.

Aparece el sol y de la pirámide salen chorros de vapor de agua produciendo un sonido que ni cien, ni mil, sirenas de barco trasatlántico podrían igualar jamás. Es una olla a presión.

Chorros luminosos expanden el aroma inconfundible del faraón en cien kilómetros a la redonda. La pirámide vibra, vibra; y cuando los primeros rayos del sol alcanzan el Pyramidión dorado rebotan y se expanden en todas las direcciones.

¡¡Sana!! ¡¡Sana!!

Grita la multitud enferma de pura ilusión y amor a las divinidades.

Lo que hace la cerveza.

La pirámide cumple a la perfección su función de máquina creada para sanar la tierra y mostrar a Dios Creador a los hombres. Vibra, expele chorros de gas coloreado y perfumado y el Pyramidión está enviando la energía enferma del planeta como rayos invisibles hacia el vacío oscuro del Universo.

¡Éxito total e irrepetible!

La multitud se arroja al suelo y golpea sus frentes en el duro suelo. Perdona nuestros pecados y maldiciones Gran Padre de todos nosotros y asciende al faraón a tu cielo perlado de estrellas.

Como sería la impresión lograda en las gentes y en el inconsciente colectivo que, milenios después de la gran fiesta del faraón, sus 50 años de paz y amor cósmico, aún perdura.

Lo que hacemos los ingenieros.

Fin

Pueden leer más cosas mías en mis blogs y comentar sobre lo que se les ocurra:

Camino de las luciernagas

Aldaba amiga

O pueden escribirme a

https://www.facebook.com/ladmis.pan

Muchas gracias.

Si quieren contactar en privado conmigo pueden mandar un correo a cuassia@gmail.com

.

www.ingramcontent.com/pod-product-compliance
Lightning Source LLC
Chambersburg PA
CBHW070927130626
46555CB00001B/320